mc *Melhores Contos*

Simões Lopes Neto

Direção de Edla van Steen

mc Melhores Contos

Simões Lopes Neto

Seleção de Dionísio Toledo

global

© Dionísio Toledo, 2010

2ª Edição, Global Editora, São Paulo 2012

Diretor Editorial
Jefferson L. Alves

Gerente de Produção
Flávio Samuel

Coordenadora Editorial
Arlete Zebber

Preparação de Texto
Ana Carolina Ribeiro

Revisão
Luciana Chagas

Projeto de Capa
Ricardo Van Steen

Capa
Eduardo Okuno

Dados Internacionais de Catalogação na Publicação (CIP)
(Câmara Brasileira do Livro, SP, Brasil)

Lopes Neto, João Simões, 1865-1916.
  Melhores contos: Simões Lopes Neto / seleção Dionísio Toledo. – 2. ed. – São Paulo: Global, 2012. – (Coleção Melhores contos / direção Edla van Steen).

ISBN 978-85-260-1624-8

1. Contos brasileiros. I. Toledo, Dionísio. II. Steen, Edla van. III. Título. IV. Série.

11-14892   CDD-869.93

Índice para catálogo sistemático:

1. Contos : Literatura brasileira 869.93

Direitos Reservados
GLOBAL EDITORA E DISTRIBUIDORA LTDA.
Rua Pirapitingui, 111 – Liberdade
CEP 01508-020 – São Paulo – SP
Tel.: (11) 3277-7999 – Fax: (11) 3277-8141
e-mail: global@globaleditora.com.br
www.globaleditora.com.br

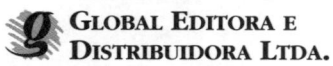

Obra atualizada conforme o **Novo Acordo Ortográfico da Língua Portuguesa**

Colabore com a produção científica e cultural.
Proibida a reprodução total ou parcial desta obra
sem a autorização do editor.

Nº de Catálogo: **1601**

Dionísio Toledo foi professor de Teoria Literária, Literatura Brasileira, Crítica Literária e Literatura Dramática, na Universidade Federal do Rio Grande do Sul, em Porto Alegre.

Exilando-se na França, durante a ditadura militar, passou a lecionar no Instituto de Estudos Portugueses e Brasileiros da Universidade de Paris III (Sorbonne Nouvelle) e Língua e Civilização, na ENA (Escola Nacional de Administração).

Entre outras publicações, no Brasil e na Europa, organizou para a editora Globo os livros *Os formalistas russos* e *O Círculo de Praga*.

INTRODUÇÃO[1]

Pré-modernismo e regionalismo

João Simões Lopes Neto viveu um período complexo da literatura brasileira, batizado por Alceu Amoroso Lima (1893-1979) de Pré-Modernismo. Complexo porque caracterizou-se, de um lado, por um nacionalismo ferrenho, simbolizado pelo aparecimento, em 1900, da obra *Porque me ufano de meu país*, de Afonso Celso (1860-1938), e, de outro, por um autêntico telurismo, expresso por autores como Euclides da Cunha (1866--1909) ou Afonso Arinos (1868-1916), para só referirmos dois dos mais importantes. Curiosa e paradoxalmente, porém, a existência da primeira vertente não impedia, em alguns escritores, a realização plena da segunda.

Realmente, Simões Lopes Neto está aí para o provar! Como já foi demonstrado pelo seu melhor biógrafo, Carlos Reverbel, o autor de *Contos gauchescos* e *Lendas do Sul* era um patriota ingênuo que consumiu boa parte

---

[1] Várias passagens deste texto foram extraídas da nossa tese de doutoramento apresentada na Universidade de Paris VII, em 1982, sob a direção de KRISTEVA, Julia. *Pour une définition de la littérature 'gauchesca' brésilienne*.

de sua vida em jactâncias.² Contudo, essa sua maneira de ser pouco teve a ver com os seus textos, e certamente não foi ela que lhe deu o renome que adquiriu.

Assim, João Simões Lopes Neto, que transpôs para o plano simbólico a vida rude do gaúcho e da natureza que o cercava, modificando-a portanto, destacou-se por outros motivos: como todos os autores do Pré-Modernismo brasileiro – movimento cuja existência foi relativamente curta (de 1900 a 1922), se excetuarmos os seus antecessores e epígonos –, soube aproveitar muitos recursos do intrincado sistema literário herdado de Portugal, para exprimir-se integralmente sem nenhum constrangimento. Mas, da mesma forma que outros artistas seus coetâneos, foi um dos responsáveis pela ruptura que se operou nesse mesmo sistema. Com efeito, em razão do telurismo imperante na época, tornou-se possível desvelar as raízes de verdadeiros subsistemas literários. Afirma-se então a literatura gauchesca, anteriormente esboçada por Caldre e Fião (1813-1876), ou a sertanista, anunciada por Bernardo Guimarães (1825--1884). Ambas se singularizam em relação ao sistema, que já produzira obras notáveis, no que respeita à prosa de ficção, com Manuel Antônio de Almeida (1831-1861) e Machado de Assis (1839-1908), antes do surgimento do pré-modernista Lima Barreto (1881-1922).

Delimitação

João Simões Lopes Neto representa, juntamente com outros escritores rio-grandenses do mesmo período, como Alcides Maya (1878-1944) ou Ramiro Barcellos

---

2 REVERBEL, C. *Um capitão da Guarda Nacional*: vida e obra de João Simões Lopes Neto. Porto Alegre/Caxias do Sul: Martins/Universidade de Caxias do Sul, 1981.

(1851-1916), o amadurecimento da literatura gauchesca brasileira. Convém, pois, que examinemos em que consistiu a sua contribuição específica para esse processo de maturação. Antes de o fazermos, contudo, é preciso assinalar que a análise exaustiva dessa questão suporia que lhe dedicássemos uma monografia. Como isso, por motivos evidentes, é impossível, consideraremos apenas um dos seus aspectos, ou seja, certos princípios que presidiram à organização dos textos ficcionais de João Simões Lopes Neto.

Observemos, de passagem, que este deixou a fazenda muito cedo, ainda criança, tornando-se os seus contatos com o mundo do campo, desde então, indiretos. Instalado em Pelotas, foi em um gabinete de trabalho que elaborou sua obra. Contava, portanto, para tal fim, tão somente com as suas recordações, os seus fantasmas e a sua técnica de escrever.

Folclorista apenas?

Muito modesto, João Simões Lopes Neto definiu-se como folclorista apenas. Era, na realidade, muito mais do que isso: a sua tarefa primordial consistiu em transformar o material de origem popular, quotidiano ou histórico que colheu, em obra de arte, já que o primeiro pertence a uma esfera distinta daquela em que se integra esta última. De fato, segundo explicaram em um reputado ensaio Roman Jakobson (1896-1982) e Piotr Bogatyriov (1893-1971),[3] que se inspiraram em Saussure (1858--1913), o folclore se organiza em sistema como se fosse uma língua, e a sua existência depende de sua aceitação por parte da comunidade, ao passo que a literatura de

---

[3] JAKOBSON, R.; BOGATYRIOV, P. "Le folklore, forme spécifique de création". In: JAKOBSON, R. *Questions de poétique*. Paris: Éd. du Seuil, 1973.

tipo erudito é produto de uma criação individual. Daí o paralelo que estabelecem: "Diferença essencial entre folclore e literatura: um se relaciona especificamente com a língua; a outra, com a fala".[4] Também Vladimir Propp (1895-1970), autor russo não menos famoso, adotou posição similar. Diz ele: "Basta indicar que, geneticamente, o folclore deve ser aproximado, não à literatura, mas à língua, a qual também não foi inventada por alguém e não tem nem autor, nem autores".[5] Foi, por conseguinte, a transposição feita por João Simões Lopes Neto de uma série de estórias que circulavam no Rio Grande do Sul, e que constituíam parte integrante do seu folclore, que gerou a sua literatura.

As formas utilizadas por João Simões Lopes Neto

Na sua origem, porém, essas estórias se diferenciavam entre si formalmente. Apresentavam-se como provérbios, romances em versos, casos, contos populares, lendas ou meras anedotas. Eram, como o diria André Jolles, "formas simples" que tinham tendência a *transformar-se, convertendo-se em literatura erudita*.

O provérbio

Dessa maneira, os provérbios que percorriam as fazendas gaúchas, quase todos oriundos da Península Ibérica e especialmente de Portugal,[6] constituíam verdadeiras microestruturas narrativas,[7] com personagens

---

4 Idem, p. 64.
5 PROPP, V. *Édipo à luz do folclore*. Lisboa: Ed. Vega, [s.d.]. p. 187.
6 JÚLIO, S. *Estudos gauchescos de literatura e folclore*. Natal: Ed. do Clube Internacional de Folclore, Delegação do Brasil, 1953. p. 26.
7 ZUMPTHOR, P. *Le masque et la lumière: la poétique de grands rhétoriqueurs*. Paris: Ed. du Seuil, 1978. p. 155.

supostos a representarem categorias sociais distintas. Retomados por Simões Lopes Neto, ressurgem em seus textos estilizados, isoladamente ("Artigos de fé do gaúcho", por exemplo) ou servem de pretexto para o desenvolvimento de um conto.

A lenda

Enquanto os adágios ou provérbios podem desaparecer no âmago de um texto qualquer, o mesmo não acontece com as lendas. Estas, ao serem reelaboradas, mantêm a sua estrutura primitiva, oscilando entre a ficção e a história. Há apenas uma exceção: "O Negrinho do Pastoreio". Se, por um lado, tal lenda conserva a característica apontada quando transcrita por João Simões Lopes Neto, por outro dissimula-se poeticamente e transforma-se por inteiro no conto "O Negro Bonifácio". Aliás, na sua reformulação artística, a lenda aproxima-se do conto erudito assim como, na sua forma primitiva, tende para o conto popular. Em ambos os casos, no entanto, diferencia-se do conto, pois se define como uma relação de acontecimentos, enquanto naquele o herói e as suas aventuras despertam o interesse do espectador ou leitor. A lenda vem sempre associada a um momento e a um lugar determinados,[8] ao passo que o conto pertence à área do imaginário e não conhece fronteiras. Enfim, a lenda é considerada como verídica pelo narrador e seu ouvinte ou leitor; os contos, em contrapartida, são vividos pelo seu destinatário como ficções.

Todavia, a originalidade de João Simões Lopes Neto na transcrição das lendas manifesta-se ainda de

---

8 PINÓN, R. *El cuento folclórico (como tema de estudio)*. Buenos Aires: Ed. Universitaria de Buenos Aires, 1965.

outro modo: ao estilizar o material recolhido, ao contrário de seus antecessores, como Cezimbra Jacques (1849-1922) ou Carlos Teschauer (1851-1930), que procuravam fixar-lhe apenas o "conteúdo", ele tenta reconstituir o seu instante original. Para isso, serve-se de uma retórica que corresponderia à sua recitação primitiva. Desse modo, seguindo os modelos da tradição oral, João Simões Lopes Neto confere ao contador de lendas e de casos – a seu personagem Blau, conhecido por sua prodigiosa memória – o papel de um narrador autoritário e credível. Aproximando-se da linguagem oral por meio de um processo mimético[9] sem precedentes na literatura brasileira, o discurso desse personagem-narrador torna-se dramático, assumindo a forma de um espetáculo.

O caso

Para elaborar os *Contos gauchescos*, João Simões Lopes Neto utilizou outra forma oriunda da literatura oral: o caso. O emprego do termo nos seus textos corresponde à definição que dele dá qualquer bom dicionário: do latim *casus*, é "o que acontece ou se supõe acontecer", estando em correlação com "acidente, aventura, circunstância, conjuntura, eventualidade, fato, hipótese, ocorrência, possibilidade, situação" etc. "O caso pode ter a conotação de perigo, golpe, troca, urgência, infortúnio, revés, morte"[10] e abarcar muitos

---

9 Quanto ao conceito de *mimesis* como *reprodução por imitação*, cf. Aristóteles, *Poética*, trad., introd. e notas de J. D. García Bacca. México: Universidade Nacional Autônoma do México: 1946, p. XXXVII. Convém ter presente também a recente edição francesa do mesmo texto: Aristóteles. *La poétique*, introd., trad. e notas de R. Dupont-Roc e J. Lallot, pref. de T. Todorov. Paris: Éd. du Seuil, n. 3, 1980. especialmente p. 17-20 e 144.

10 Robert. *Le Petit Robert: dictionnaire alphabétique et analogique de la langue française*. Paris: Société du Nouveau Littré, 1969. p. 234.

temas: dramáticos, cômicos, épicos, fantásticos, anedóticos etc. Sua transmissão supõe, o que vale também para a lenda ou o conto popular, a existência de um auditório, implicando assim uma espécie de representação teatral por parte do narrador.

Na realidade, o caso permite que este último exerça seu poder criador muito mais amplamente que a lenda que o circunscreve a um lugar e a um momento determinados. E embora seja eventualmente retomado por escritores, não perde essa característica, como o observou o próprio João Simões Lopes Neto na apresentação do seu personagem Romualdo:

> Contados os seus casos na prosa chata que se vai ler, muito perdem do sabor e graça originais; guarde porém o leitor a essência da historieta e repita-a, por sua vez: recorte-a, enfeite-a com o brilho do gesto e da dição, acrescente um ponto a cada conto... e terá presente, imaginoso, criador, inesgotável... serás tu próprio, leitor, o Romualdo, redivivo...[11]

O caso, no dizer de André Jolles, "tem tendência a amplificar-se para gerar uma forma erudita",[12] na ocorrência no conto. Este é, em João Simões Lopes Neto, o resultado das transformações pelas quais passou o caso que, evidentemente, muda de função ao abandonar a tradição oral e integrar-se no sistema literário.

Por fim, convém ter presente que o caso, no âmbito da literatura gauchesca, mesmo que se apoie num fato, altera-o, modificando o caráter referencial da linguagem. O que mantém o interesse do espectador é o motivo, no sentido em que o entende Boris Tomasevskij.

---

11 LOPES NETO, J. Simões. *Casos do Romualdo*, prefácio de A. Meyer. Porto Alegre: Globo, 1952. p. 15.
12 JOLLES, A. *Formes simples*, trad. do alemão "Einfache Formen" por A. M. Briguiet. Paris: Ed. du Seuil, 1972. p. 151.

A transformação do caso em conto literário pressupõe, pois, a permanência desse motivo. Mas, então, aquela "forma simples" é submetida a uma nova interpretação, produz-se num meio distinto (artístico) e é incorporada a uma outra tradição (literatura erudita), sendo narrada por meio de procedimentos estilísticos específicos.

A mancha

Outra forma de grande importância na literatura gauchesca e empregada por João Simões Lopes Neto é a mancha.

A primeira referência que nós encontramos à palavra *mancha* para designar um tipo de discurso literário data de 1915 e aparece num artigo anônimo sobre um livro de Roque Callage (1888-1931).[13] O sentido do termo precisa-se mais tarde, quando o crítico e historiador João Pinto da Silva (1888-1931) escreve a propósito do autor de *Rincão*: "Sua obra compreende vários volumes de paisagens, manchas e observações".[14]

O vocábulo nasce do latim *macula* e é utilizado comumente no Rio Grande do Sul com duas acepções diferentes, como o ensinou Luís Carlos de Moraes (1876-1969). Assim, mancha é

> epizootia que ataca de preferência o gado vacum [...] *Mancha* é ainda uma certa zona de pastagens características, havendo manchas de campo bom e manchas de campo ruim.[15]

---

13 "Roque Callage: Terra gaúcha (scenas da vida rio-grandense – 1914)", Fon-Fon (Rio de Janeiro), 1915. In: CALLAGE, R. *Terra gaúcha: scenas da vida rio-grandense*. 2. ed. Pelotas: Livraria Universal, 1921. p. 7-8.
14 SILVA, João Pinto da. *História literária do Rio Grande do Sul*. Porto Alegre: Livraria do Globo, 1930. p. 132.
15 CORREA, R. et al. *Vocabulário sul-rio-grandense*. Porto Alegre: Globo, 1964. p. 280.

Foi exatamente esta última acepção que levou Clemenciano Barnasque (1892-1941) a intitular um livro seu *No pago*: manchas pampeanas (1925).[16]

Atualmente os estudos referentes à literatura gauchesca permitem-nos dizer que o discurso conhecido como mancha ou paisagem provém do título da coletânea de contos de Apolinário Porto Alegre (1844--1904), *Paisagens* (1874). Contudo, enquanto nos textos que integram este volume, como ainda em *Tapera* (em que a descrição, cujos elementos aparecem simplesmente como embriões de manchas, se subordina à narração), tal discurso é apenas mencionado nos títulos ou restringe-se a pequenas digressões, durante o Pré-Modernismo assistimos à sua emancipação e à sua afirmação como forma literária específica.

A mancha, que pode surgir no interior de uma narração, o que ocorre em escritos de João Simões Lopes Neto, por exemplo, assenta em duas figuras de retórica: a topotesia e a topografia descritiva. Para bem determiná-la teoricamente, é necessário suprimir toda e qualquer tentativa de hierarquização entre recursos estilísticos como a narração e a descrição. É o que nos ensina Gérard Genette:

> do ponto de vista dos modos de representação, contar um acontecimento (narração) e descrever um objeto são duas operações parecidas que põem em ação as mesmas fontes da linguagem.[17]

A mancha ou paisagem visa à obtenção de um efeito poético. Formalmente, porém, é raro que seja

---

16 BARNASQUE, Clemenciano. *No pago*: manchas pampeanas. Porto Alegre: Livraria do Globo, 1926. p. 99.
17 GENETTE, Gérard. "Frontières du récit". In: *Figures II*. Paris: Ed. du Seuil, 1969. p. 59-60.

composta em versos. Quando isso acontece, ajusta-se aos modelos tradicionais, como o soneto. Na sua habitual configuração prosaica, não suscita tampouco as questões teóricas peculiares ao poema em prosa e que foram amplamente debatidas por Suzanne Bernard, Barbara Johnson ou Tzvetan Todorov.[18] Dessa maneira, não revela, por exemplo, a dicotomia prosa/poesia, a anarquia destruidora e a arte organizadora da primeira (Bernard). Também não apresenta a "repetição poética por meio da qual a poesia se diferencia retrospectivamente de si própria" (Johnson), ou ainda, a síntese "apresentação/representação" que Todorov infere de Etienne Souriau. Todavia, a mancha ou paisagem obedece à regra estabelecida por Edgar Allan Poe (1809--1849) e aceita por Baudelaire (1821-1867) que estipula que o texto poético deve ser curto, seja qual for a sua apresentação.

Essa forma assume em Simões Lopes Neto, Alcides Maya e Clemenciano Barnasque características de uma cena teatral ou de um quadro de pintura. No primeiro caso, o espaço é delimitado e a ótica do leitor e do espectador é determinada por um ponto de vista fixo, embora os personagens pratiquem ações; no segundo, o espaço é igualmente circunscrito, e, embora haja uma representação, esta se define pelo seu caráter estático. No entanto, em ambas as hipóteses e apesar da preponderância da descrição, a narração está presente, uma vez que a contemplação supõe o transcur-

---

18 BERNARD, S. *Le poème en prose de Baudelaire à nos jours*. Paris: Nizet, 1959. JOHNSON, B. "Quelques conséquences de la différence anatomique des textes: pour une théorie du poème en prose". In: *Poétique*, n. 28, 1976, p. 450-65. TODOROV, T. *Les genres du discours*. O problema é amplamente discutido em nossa tese anteriormente citada.

so do tempo e que a descrição é um processo linguístico que implica a "duração" das palavras.[19]

A mancha não é, enfim, a expressão monológica de um eu, de que fala Wolfgang Kayser ao definir a lírica. Não se identifica, pois, com o discurso lírico. Em vez de exprimir a experiência vivida por um poeta, revela as "impressões" de um narrador. Por isso, utiliza palavras que devem exercer a função das cores na pintura impressionista: combina as tonalidades e as sensações, esforçando-se por dar vida ao texto. Como Claude Monet (1840-1926) que, segundo José Maria Valverde (n. 1926), "realiza uma pintura fresca, rápida, 'de manchas', colorida apenas com os tons do espectro solar", os narradores gauchescos descrevem o momentâneo e o fugitivo das cenas campestres numa linguagem matizada. Observa-se neles o emprego frequente de verbos no imperfeito (a fim de que o leitor se torne testemunha do que é descrito), de metáforas e de analogias. A conjunção é muitas vezes suprimida para aligeirar a frase. Utilizam, tanto quanto possível, vocábulos sonoros. A fixação dos matizes transforma a imitação da natureza em poesia: o referente é trabalhado pela emoção do narrador, e é do próprio texto que surge o seu fulgor.

Conclusão

Como vimos por meio de alguns casos exemplificadores, foi a partir de formas ou gêneros oriundos especialmente da tradição folclórica, o que não exclui o seu débito para com a literatura erudita, que João Simões Lopes Neto elaborou artisticamente a sua obra. Aliás, adotando posição idêntica, contemporâneos seus, como

---

19 IMBERT, E. A. *Teoría y técnica del cuento*. Buenos Aires: Marymar, 1979. p. 329.

Alcides Maya ou Ramiro Barcellos, embora empregando linguagem e recursos estéticos distintos, também criaram uma arte singular para a época. Foram, pois, os procedimentos empregados pelos autores do Pré-Modernismo gaúcho que estabeleceram as condições necessárias para que a gauchesca se estruturasse como um subsistema no interior da literatura brasileira. Assim, se interpretássemos tais autores à luz do formalismo russo, diríamos que constituem uma espécie de síntese de todos os seus antepassados, quer proviessem estes da tradição popular, quer da erudita, não importando a qualidade precípua de cada um deles, uma vez que o escritor dito maior não existe sem o considerado secundário.

No caso particular de João Simões Lopes Neto, é necessário precisar que, além das formas anteriormente apontadas, cultivou outras como o romance popular (*São Sepé*...), a anedota (certos textos de *Casos do Romualdo*) ou o relato histórico (*Terra gaúcha*...). E não parou aí. Recuperou lembranças de infância, retomou o que aprendera acerca da história da Província nos livros ou de ouvir contar, utilizou a sua experiência quotidiana e reformulou tudo quanto assimilara no seu contato com a literatura. Esse material todo – suas fontes – estruturou-se, durante o processo de confecção da sua obra, como um intertexto. Tal é a razão por que, nela, encontramos, entretecidos, um discurso erótico, um discurso histórico, um discurso político, um discurso ideológico, enfim. Procurar determiná-los constitui o primeiro passo no sentido de uma real compreensão do mundo simbólico de João Simões Lopes Neto.

Dionísio Toledo

CONTOS

CONTOS GAUCHESCOS[1]
1912

---

[1] Os contos extraídos desta obra seguem os critérios adotados na seguinte edição: LOPES NETO, J. Simões. *Contos gauchescos e lendas do Sul*, edição crítica com introdução, variantes, notas e glossário de Aurélio Buarque de Holanda, prefácio e nota de Augusto Meyer, posfácio de Carlos Reverbel. Porto Alegre: Globo, 1949.

APRESENTAÇÃO DE BLAU[2]

Patrício, apresento-te Blau, o vaqueano.
 – Eu tenho cruzado o nosso Estado em caprichoso zigue-zague. Já senti a ardentia das areias desoladas do litoral; já me recreei nas encantadoras ilhas da lagoa Mirim; fatiguei-me na extensão da coxilha de Santana; molhei as mãos no soberbo Uruguai, tive o estremecimento do medo nas ásperas penedias do Caverá; já colhi malmequeres nas planícies do Saicã, oscilei sobre as águas grandes do Ibicuí; palmilhei os quatro ângulos da derrocada fortaleza de Santa Tecla, pousei em São Gabriel, a forja rebrilhante que tantas espadas valorosas temperou, e, arrastado no turbilhão das máquinas possantes, corri pelas paragens magníficas de Tupaceretã, o nome doce, que no lábio ingênuo dos caboclos quer dizer os campos onde repousou a mãe de Deus...
 – Saudei a graciosa Santa Maria, fagueira e tranquila na encosta da serra, emergindo do verde-negro da

---

[2] Neste texto, João Simões Lopes Neto cede a palavra a Blau Nunes. O personagem assume-se então por inteiro e se dispõe a narrar os seus "casos" e "lendas" de maneira impositiva, como costuma ocorrer com textos de origem folclórica (cf. Introdução). A fonte deste escrito encontra-se na conferência intitulada *Educação cívica*, proferida pelo mesmo João Simões Lopes Neto em 1906 e editada em Pelotas em volume pela União Gaúcha (cf. REVERBEL, C. *Um capitão da Guarda Nacional*, p. 214).

montanha copada o casario, branco, como um fantástico algodoal em explosão de casulos.

– Subi aos extremos do Passo Fundo, deambulei para os cumes da Lagoa Vermelha, retrovim para a merencória Soledade, flor do deserto, alma risonha no silêncio dos ecos do mundo; cortei um formigueiro humano na zona colonial.

– Da digressão longa e demorada, feita em etapas de datas diferentes, estes olhos trazem ainda a impressão vivaz e maravilhosa da grandeza, da uberdade, da hospitalidade.

– Vi a colmeia e o curral; vi o pomar e o rebanho, vi a seara e as manufaturas; vi a serra, os rios, a campina e as cidades; e dos rostos e das auroras, de pássaros e de crianças, dos sulcos do arado, das águas e de tudo, estes olhos, pobres olhos condenados à morte, ao desaparecimento, guardarão na retina até o último milésimo da luz, a impressão da visão sublimada e consoladora: e o coração, quando faltar ao ritmo, arfará num último esto para que a raça que se está formando, aquilate, ame e glorifique os lugares e os homens dos nossos tempos heroicos, pela integração da Pátria comum, agora abençoada na paz.

E, por circunstâncias de caráter pessoal, decorrentes da amizade e da confiança, sucedeu que foi meu constante guia e, segundo o benquisto tapejara Blau Nunes, desempenado arcabouço de oitenta e oito anos, todos os dentes, vista aguda e ouvido fino, mantendo o seu aprumo de furriel farroupilha, que foi, de Bento Gonçalves, e de marinheiro improvisado, em que deu baixa, ferido, de Tamandaré.

Fazia-me ele a impressão de um perene tarumã verdejante, rijo para o machado e para o raio, e abrigando dentro do tronco cernoso enxames de abelhas, nos galhos ninhos de pombas...

Genuíno tipo – crioulo – rio-grandense (hoje tão modificado), era Blau o guasca sadio, a um tempo leal e ingênuo, impulsivo na alegria e na temeridade, precavido, perspicaz, sóbrio e infatigável: e dotado de uma memória de rara nitidez brilhando através de imaginosa e encantadora loquacidade servida e floreada pelo vivo e pitoresco dialeto gauchesco.

E, do trotar sobre tantíssimos rumos; das pousadas pelas estâncias; dos fogões a que se aqueceu; dos ranchos em que cantou, dos povoados que atravessou; das cousas que ele compreendia e das que eram-lhe vedadas ao singelo entendimento; do *pelo a pelo* com os homens, das erosões da morte e das eclosões da vida, entre o Blau – moço, militar – e o Blau – velho, paisano –, ficou estendida uma longa estrada semeada de recordações – casos, dizia –, que de vez em quando o vaqueano recontava, como quem estende ao sol, para arejar, roupas guardadas ao fundo de uma arca.

Querido digno velho!
Saudoso Blau!

Patrício, escuta-o.

O NEGRO BONIFÁCIO[3]

... Se o negro era maleva? Cruz! Era um condenado!... mas, taura, isso era, também!

Quando houve a carreira grande, do picaço do major Terêncio e o tordilho do Nadico (filho do Antunes gordo, um que era rengo), quando houve a carreira, digo, foi que o negro mostrou mesmo pra o que prestava...; mas foi caipora.

Escuite.

A Tudinha era a chinoca mais candongueira que havia por aqueles pagos. Um cajetilha da cidade duma vez que a viu botou-lhe uns versos mui lindos – pro caso – que tinha um que dizia que ela era uma

---

[3] Como acentuamos na Introdução desta antologia, o admirável conto "O Negro Bonifácio" pode ser considerado como o desdobramento da lenda "O Negrinho do Pastoreio". Um dos procedimentos caros a João Simões Lopes Neto consistia em transformar certos textos em outros, constituindo portanto os primeiros embriões dos segundos. Observemos ainda que através da utilização de processos miméticos desconhecidos até então na literatura gauchesca, ele também transformava a linguagem oral em erudita. Para informações de caráter teórico sobre as diferenças existentes entre essas duas linguagens, veja-se HAVRÁNECK, Bohuslav. "Influência da função da língua literária". In: TOLEDO, D. *Círculo Linguístico de Praga*: estruturalismo e semiologia, prefácio de Julia Kristeva. Porto Alegre: Globo, 1978. p. 181-97.

.................chinoca airosa,
Lindaça como o sol, fresca como uma rosa!...

E o sujeito quis retouçar, porém ela negou-lhe o estribo, porque já trazia mais de quatro pelo beiço, que eram dali, da querência, e aquele tal dos versos era teatino...

Alta e delgada, parecia assim um jerivá ainda novinho, quando balança a copa verde tocada de leve por um vento pouco, da tarde. Tinha os pés pequenos e as mãos muito bem torneadas; cabelo cacheado, as sobrancelhas finas, nariz alinhado.

Mas o rebenqueador, o rebenqueador..., eram os olhos!...

Os olhos da Tudinha eram assim a modo olhos de veado-virá, assustado: pretos, grandes, com luz dentro, tímidos e ao mesmo tempo haraganos... pareciam olhos que estavam sempre ouvindo... ouvindo mais, que vendo...

Face cor de pêssego maduro; os dentes brancos e lustrosos como dente de cachorro novo; e os lábios da morocha deviam ser macios como treval, doces como mirim, frescos como polpa de guabiju...

E apesar de arisca, era foliona e embuçalava um cristão, pelo só falar, tão cativo...

No mais, buenaça, sem entono; e tinha de que, porque corria à boca pequena que ela era filha do capitão Pereirinha, estancieiro, que só ali, nos Guarás, tinha mais de não sei quantas léguas de campo de lei, povoado. O certo é que o posto em que ela morava com a mãe, a sia Fermina, era um mimo; tinha de um tudo: lavoura, boa cacimba, um rodeíto manso; e a Tudinha tinha cavalo amilhado, só do andar dela, e alguma prata nos preparos.

Parecenças, isso, tinha, e não pouco, com a gente do capitão...

O velho, às vezes, ia por lá, sestear, tomar um chimarrão...

Pois para a carreira essa, tinha acudido um povaréu imenso.

E ela veio, também, com a velha. Velha, é um dizer, porque a sia Fermina ainda fazia um fachadão...

E deu o caso que os quatro embeiçados também vieram, e um, o mais de todos, era o Nadico.

E sem ninguém esperar, também apareceu o negro Bonifácio.

É assim que o diabo as arma...

Escuite.

O negro não vinha por ela, não; antes mais por farrear, jogar e beber: ele era um perdidaço pela cachaça e pelo truco e pela taba.

E bem montado, vinha, num bagual lobuno rabicano, de machinhos altos, peito de pomba e orelhas finas, de tesoura; mui bem tosado a meio cogotilho, e de cola atada, em três tranças, bem alto, onde canta o galo!...

E na garupa, mui refestelada, trazia uma chirua, com ar de querendona...

Êta! negro pachola!

De chapéu de aba larga, botado no cocuruto da cabeça e preso num barbicacho de borlas morrudas, passado pelo nariz; no pescoço um lenço colorado, com o nó republicano; na cintura um tirador de couro de lontra debruado de tafetá azul e mais cheio de cortados do que manchas tem um boi salino!

E na cintura, atravessado com entono, um facão de três palmos, de conta.

Na pabulagem, andava sozinho: quando falava, era alto e grosso e sem olhar para ninguém.

Era um governo, o negro!

Ora bem; depois de se mostrar um pouco, o negro apeou a chirua e já meio entropigaitado começou a pastorejar a Tudinha... e tirando-se dos seus cuidados encostou o cavalo rente no dela e aí no mais, sem um – Deus te salve! – sacudiu-lhe um envite para uma paradita na carreira grande. A piguancha relanceou os seus olhos de veado assustado e não se deu por achada; ele repetiu o convite da aposta e ela então – depois explicou – de puro medo aceitou, devendo ganhar uma libra de doces, se ganhasse o tordilho. O tordilho era o do Nadico.

Ficou fechado o trato.

O negro – era ginetaço! – deu de rédea no lobuno, que virou direito, nos dois pés, e já lhe cravou as chilenas, grandes como um pires, e saiu escaramuçando, meio ladeado!

Os quatro brancos se olharam...; o Nadico estava esverdeado, como defunto passado...

A Tudinha pegou logo a caturritar, e a cousa foi passando, como esquecida.

Mas, que!... o negro estava jurado...

Escuite.

Entraram na cancha os parelheiros, todos dois pisando na ponta do casco, mui bem compostos e lindos, de se lavar com um bochecho d'água.

Fizeram as partidas; largaram; correram: ganhou, de fiador, o do Nadico, o tordilho.

Depois rompeu um vozerio, a gente desparramou-se, parecia um formigueiro desmanchado; as parcerias se juntaram, uns pagavam, outros questionavam... mas tudo se foi arreglando em ordem, porque ninguém foi capaz de apontar mau jogo.

E foi-se tomar um vinho que os donos da carreira ofereceram, como gaúchos de alma grande, principalmente o major Terêncio, que era o perdedor.

E a Tudinha lá foi, de charola.

No barulho das saúdes e das caçoadas, quando todos se divertiam, foi que apareceu aquele negro excomungado, para aguar o pagode. Esbarrou o cavalo na frente do boliche; trazia na mão um lenço de sequilhos, que estendeu à Tudinha: havia perdido, pagava...

A morocha parou em meio um riso que estava rindo e firmou nele uns olhos atravessados, esquisitos, olhos como pra gente que já os conhecesse... e como sentiu que o caso estava malparado, para evitar o desaguisado, disse:

– Faz favor de entregar à mamãe, sim?!...

O negro arreganhou os beiços, mostrando as canjicas, num pouco caso e repostou:

– Ora, misturada!... eu sou teu negro, de cambão!..., mas não piá da china velha! Toma!

E estendeu-lhe o braço, oferecendo o atado dos doces.

Aqui, o Nadico manoteou e no soflagrante sopesou a trouxinha e sampou com ela na cara do muçum.

Amigo! Virge' nossa senhora!

Num pensamento o negro boleou a perna, descascou o facão e se veio!...

O lobuno refugou, bufando.

Que peleia mais linda!

Vinte ferros faiscaram; era o Nadico, eram os outros namorados da Tudinha e eram outros que tinham contas a ajustar com aquele tição atrevido.

Perto do negro Bonifácio, sentado sobre um barril, sem ter nada que ver no angu, estava um paisano tocando viola: o negro – pra fazer boca, o malvado! –, largou-lhe um revés, tão bem puxado, que atorou os dedos do coitado e o encordoamento e afundou o tampo do *estrumento*!...

Fechou o salseiro.

O Nadico mandou a adaga e atravessou a pelanca do pescoço do negro, roçando na veia artéria; o major tocou-lhe fogo, de pistola, indo a bala, de refilão, lanhar-lhe uma perna... o ventana quadrava o corpo, e rebatia os talhos e pontaços que lhe meneavam sem pena.

E calado, estava; só se via no carão preto o branco dos olhos, fuzilando...

      Ai!...

Foi um grito doido da Tudinha... e já se viu o Nadico testavilhar e cair, aberto na barriga, com a buchada de fora, golfando sangue!...

No meio do silêncio que se fez, o negro ainda gritou:
– Come agora os meus sobejos!...

Depois, roncou, tal e qual como um porco acuado... e então, foi uma cousa bárbara!...

Em quatro paletadas, desmunhecando uns, cortando outros, esgaravatando outros, enquanto o diabo esfrega o olho, o chão ficou estivado de gente estropiada, espirrando a sangueira naquele reduto.

É verdade também que ele estava todo esfuracado: a cara, os braços, a camisa, o tirador, as pernas, tinham mais lanhos que a picanha de um reiúno empacador: mas não quebrava o corincho, o trabuzana!

Aquilo seria por obra dalguma oração forte, que ele tinha, cosida no corpo.

A esse tempo, era tudo um alarido pelo acampamento; de todos os lados chovia gente no lugar da briga.

A Tudinha, agarrada ao Nadico, com a cabeça pousando-lhe no colo, beijando-lhe ela os olhos embaciados e a boca já morrente, ali, naquela hora braba, à vista de todo o mundo e dos outros seus namorados, que se esvaíam, sem um consolo nem das suas mãos nem das suas lágrimas, a Tudinha mostrava mesmo que o seu camote preferido era aquele, que primeiro desfeiteou e cortou o negro, por causa dela...

Foi então que um gaúcho gadelhudo, mui alto, canhoto, desprendeu da cintura as boleadeiras e fê-las roncar por cima da cabeça... e quando ia a soltá-las, zunindo, com força pra rebentar as costelas dum boi manso, e que o negro estava cocando o tiro, de facão pronto pra cortar as sogas..., nesse mesmo momento e instante a velha Fermina entrou na roda, e ligeira como um gato, varejou no Bonifácio uma chocolateira de água fervendo, que trazia na mão, do chimarrão que estava chupando...

O negro urrou como um touro na capa...; a rumo no mais avançou o braço, e fincou e suspendeu, levantou a velha, estorcendo-se, atravessada no facão, até o *esse*...; ao mesmo tempo, mandado por pulso de homem um bolaço cantou-lhe no tampo da cabeça e logo outro, no costilhar, e o negro caiu, como boi desnucado, de boca aberta, a língua pontuda, mexendo em tremura uma perna, onde a roseta da chilena tinia, miúdo...

Patrício, escuite!

Vi então o que é uma mulher rabiosa...: não há maneia nem buçal que sujeite: é pior que homem!...

A Tudinha já não chorava, não; entre o Nadico, morto, e a velha Fermina estrebuchando, a morocha mais linda que tenho visto, saltou em cima do Bonifácio, tirou-lhe da mão sem força o facão e vazou os olhos do negro, retalhou-lhe a cara, de ponta e de corte... e por fim, espumando e rindo-se, desatinada – bonita, sempre! –, ajoelhou-se ao lado do corpo e pegando o facão como quem finca uma estaca, tateou no negro sobre a bexiga, pra baixo um pouco – vancê compreende?... – e uma, duas, dez, vinte, cinquenta vezes cravou o ferro afiado, como quem espicaça uma cruzeira numa toca...

como quem quer estraçalhar uma cousa nojenta... como quem quer reduzir a miangos uma prenda que foi querida e na hora é odiada!...

Em roda, a gauchada mirava, de sobrancelhas rugadas, porém quieta: ninguém apadrinhou o defunto.

Nisto um sujeito que vinha a meia rédea sofrenou o cavalo quase em cima da gente: era o juiz de paz.

Mais tarde vim a saber que o negro Bonifácio fôra o primeiro a... a amanonsiar a Tudinha: que ao depois tomara novos amores com outra fulana, uma piguancha de cara chata, beiçuda; e que naquele dia, para se mostrar, trouxera na garupa a novata, às carreiras, só de pirraça, para encanzinar, para tourear a Tudinha, que bem viu, e que apesar dos arrastados de asa daquela moçada e sobretudo do Nadico, que já a convidara para se acolherar com ele, sentira-se picada, agoniada da desfeita que só ela e o negro entendiam bem...; por isso é que ela ficou como cobra que perdeu o veneno.

Escuite.

Até hoje me intriga, isto: como uma morena, tão linda, entregou-se a um negro, tão feio?...

Seria de medo, por ele ser mau?... Seria por bobice de inocente?... Por ele ser forçudo e ela, franzina?... Seria por...

Que, de qualquer forma, ela vingou-se, isso, vingou-se...; mas o resto que ela fez no corpo do negro? Foi como um perdão pedido ao Nadico ou um despique tomado da outra, da piguancha beiçuda?...

Ah! mulheres!...

Estancieiras ou peonas, é tudo a mesma cousa... tudo é bicho caborteiro...; a mais santinha tem mais malícia que um sorro velho!...

O BOI VELHO

Cuepucha!... é bicho mau, o homem!

Conte vancê as maldades que nós fazemos e diga se não é mesmo!... Olhe, nunca me esqueço dum caso que vi e que me ficou cá na lembrança, e ficará té eu morrer... como unheiro em lombo de matungo de mulher.

Foi na estância dos Lagoões, duma gente Silva, uns Silvas mui políticos, sempre metidos em eleições e enredos de qualificações de votantes.

A estância era como aqui e o arroio como a umas dez quadras; lá era o banho da família. Fazia uma ponta, tinha um sarandizal e logo era uma volta forte, como uma meia-lua, onde as areias se amontoavam formando um baixo: o perau era do lado de lá. O mato aí parecia plantado de propósito: era quase que pura guabiroba e pitanga, araçá e guabiju; no tempo, o chão coalhava-se de fruta: era um regalo!

Já vê... o banheiro não era longe, podia-se bem ir lá de a pé, mas a família ia sempre de carretão, puxado a bois, uma junta, mui mansos, governados de regeira por uma das senhoras-donas e tocados com um rama por qualquer das crianças.

Eram dois pais da paciência, os dois bois. Um se chamava Dourado, era baio; o outro, Cabiúna, era preto, com a orelha do lado de laçar, branca, e uma risca na papada.

Estavam tão mestres naquele piquete, que, quando a família, de manhãzita, depois da jacuba de leite, pegava a aprontar-se, que a criançada pulava o terreiro ainda mastigando um naco de pão e as crioulas apareciam com as toalhas e por fim as senhoras-donas, quando se gritava pelo carretão, já os bois, havia muito tempo que estavam encostados no cabeçalho, remoendo muito sossegados, esperando que qualquer peão os ajoujasse.

Assim correram os anos, sempre nesse mesmo serviço.

Quando entrava o inverno eles eram soltos para o campo, e ganhavam num rincão mui abrigado, que havia por detrás das casas. Às vezes, um que outro dia de sol mais quente, eles apareciam ali por perto, como indagando se havia calor bastante para a gente banhar-se. E mal que os miúdos davam com eles, saíam a correr e a gritar, numa algazarra de festa para os bichos.

– Olha o Dourado! Olha a Cabiúna! Oôch!... ôch!...

E algum daqueles traquinas sempre desencovava uma espiga de milho, um pedaço de abóbora, que os bois tomavam, arreganhando a beiçola lustrosa de baba, e punham-se a mascar, mui pachorrentos, ali à vista da gurizada risonha.

Pois veja vancê... Com o andar do tempo aquelas crianças se tornaram moças e homens feitos, foram-se casando e tendo família, e como *quera*, pode-se dizer que houve sempre senhoras-donas e gente miúda para os bois velhos levarem ao banho do arroio, no carretão.

Um dia, no fim do verão, o Dourado amanheceu morto, mui inchado e duro: tinha sido picado de cobra.

Ficou pois solito, o Cabiúna; como era mui companheiro do outro, ali por perto dele andou uns dias pastando, deitando-se, remoendo. Às vezes esticava a cabeça para o morto e soltava um mugido... Cá pra mim o boi velho – uê! tinha caraca grossa nas aspas! – o boi velho berrava de saudades do companheiro e chamava-o, como no outro tempo, para pastarem juntos, para beberem juntos, para juntos puxarem o carretão...

– Que vancê pensa!... os animais se entendem... eles trocam língua!...

Quando o Cabiúna se chegava mui perto do outro e farejava o cheiro ruim, os urubus abriam-se, num trotão, lambuzados de sangue podre, às vezes meio engasgados, vomitando pedaços de carniça...

Bichos malditos, estes encarvoados!...

Pois, como ficou solito o Cabiúna, tiveram que ver outra junta para o carretão e o boi velho por ali foi ficando. Porém começou a emagrecer... e tal e qual como uma pessoa penarosa, que gosta de estar sozinha, assim o carreteiro ganhou o mato, quem sabe, de penaroso, também...

Um dia de sol quente ele apareceu no terreiro.

Foi um alvoroto na miuçalha.

– Olha o Cabiúna! O Cabiúna! Oôch! Cabiúna! oôch!...

E vieram à porta as senhoras-donas, já casadas e mães de filhos, e que quando eram crianças tantas vezes foram levadas pelo Cabiúna; vieram os moços, já homens, e todos disseram:

– Olha o Cabiúna! Oôch! Oôch!...

Então, um notou a magreza do boi; outro achou que sim; outro disse que ele não aguentava o primeiro minuano de maio; e conversa vai, conversa vem, o primeiro, que era mui golpeado, achou que era melhor matar-se aquele boi, que tinha caraca grossa nas aspas, que não engordava mais e que iria morrer atolado no fundo dalguma sanga e... lá se ia então um prejuízo certo, no couro perdido...

E já gritaram a um peão, que trouxesse o laço; e veio. À mão no mais o sujeito passou uma volta de meia-cara; o boi cabresteou, como um cachorro...

Pertinho estava o carretão, antigão, já meio desconjuntado, com o cabeçalho no ar, descansado sobre o muchacho.

O peão puxou da faca e dum golpe enterrou-a até o cabo, no sangradouro do boi manso; quando retirou a mão, já veio nela a golfada espumenta do sangue do coração...

Houve um silenciozito em toda aquela gente.

O boi velho sentindo-se ferido, doendo o talho, quem sabe se entendeu que aquilo seria um castigo, algum pregaço de picana, mal dado, por não estar ainda arrumado... – pois vancê creia! –: soprando o sangue em borbotões, já meio roncando na respiração, meio cambaleando, o boi velho deu uns passos mais, encostou o corpo ao comprido no cabeçalho do carretão, e meteu a cabeça, certinho, no lugar da canga, entre os dois canzis... e ficou arrumado, esperando que o peão fechasse a brocha e lhe passasse a regeira na orelha branca...

E ajoelhou... e caiu... e morreu...

Os cuscos pegaram a lamber o sangue, por cima dos capins... um alçou a perna e verteu em cima... e enquanto o peão chairava a faca para carnear, um gurizinho, gordote, claro, de cabelos cacheados, que estava comendo uma munhata, chegou-se para o boi morto e meteu-lhe a fatia na boca, batia-lhe na aspa e dizia-lhe na sua língua de trapos:

– *Tome, tabiúna! Nó té... Nô fá bila, tabiúna!*...

E ria-se o inocente, para os grandes, que estavam por ali, calados, os diabos, cá para mim, com remorsos por aquela judiaria com o boi velho, que os havia carregado a todos, tantas vezes, para a alegria do banho e das guabirobas, dos araçás, das pitangas, dos guabijus!...

– Veja vancê, que desgraçados; tão ricos... e por um mixe couro do boi velho!...

Cuepucha!... é mesmo bicho mau, o homem![4]

---

4 A exclamação que encerra o comovente conto "O boi velho" – "bicho mau, o homem!" – seria, muitos anos depois, retomada e endossada por outro grande escritor gaúcho, Erico Verissimo (1905-1975).

CHASQUE DO IMPERADOR[5]

— Quando foi do cerco de Uruguaiana pelos paraguaios em 1865 e o imperador Pedro II veio cá, com toda a frota da sua comitiva, andei muito por esses meios, como vaqueano, como chasque, como confiança dele; era eu que encilhava-lhe o cavalo, que dormia atravessado na porta do quarto dele, que carregava os papéis dele e as armas dele.

Começou assim: fui escalado para o esquadrão que devia escolhar aquele estadão todo.

Quando a força apresentou-se ao seu general Caxias, o velho olhou... olhou... e não disse nada.

Cada um, firme como um tarumã; as guascas, das melhores, as garras, bem postas, os metais, reluzindo; os fletes tosados a preceito, a cascaria aparada... e em cima de tudo, – tirante eu – uma indiada macanuda, capaz de bolear a perna e descascar o facão até pra Cristo, salvo seja!...

Pois o velho olhou... olhou... e ficou calado. E calado saiu.

---

[5] Este conto nasce da transformação de um fato histórico em narração literária. Evidencia, assim, a estrutura dialógica dos textos de João Simões Lopes Neto.

O tenente que nos comandava relanceou os olhos como numa sufocação e berrou:

— Firme! E dando um torcicão forte na banda, começou a mascar a pera, furioso.

E ali ficamos; de vez em quando um bagual escarceando, refolhando, escarvando...

Daí a pouco, de em frente, das casas, veio saindo uma gentama, muito em ordem, de a dois, de a três.

Na testa vinha um homem alto, barbudo, ruivo, de olhos azuis, pequenos, mas mui macios. À esquerda dele, dois passos menos, como na ordenança, o velho Caxias, fardado e firme, como sempre.

O outro, o ruivo, assim a modo um gringo, vinha todo de preto, com um gabão de pano piloto, com veludo na gola e de botas russilhonas, sem esporas.

Pela pinta devia ser mui maturrango.

Não trazia espada nem nada, mas devia ser um maioral porque todos os outros se apequenavam pra ele. Quem seria?...

O tenente descarregou umas quantas vozes; e nós estávamos como cordas de viola!...

O ruivo passou pela nossa frente, devagar; mirou um flanco e outro, e falou com o velho, mostrando um ar risonho no rosto sério.

O velho acenou ao tenente, que tocou o cavalo e firmou a espada em continência.

Então o ruivo disse:

— 'Stá bem, sr. tenente; estou satisfeito! Mande-me aqui um dos seus homens, qualquer...

O tenente bateu a espada e deu de rédea, e parou mesmo na minha frente... eu era guia da fila testa.

— Cabo Blau Nunes! Pé em terra!

Um!... Dois!...

Estava apeado e perfilado, com a mão batendo na aba levantada do meu chapéu de voluntário.

— Apresente-se!

E baixinho, fuzilando nos olhos, boquejou-me: — aquele é o imperador; se te enredas nas quartas, defumo-te!

Ora!... Caminhei firme e quando cheguei a cinco passos do ruivo, tornei a quadrar o corpo, na postura dos mandamentos.

Aí o velho Caxias perguntou:

— Sabes a quem falas?

— Diz que ao senhor imperador!

— Sua majestade o imperador, é que se diz.

— A sua majestade o imperador!

Vai então, o tal, que pelo visto era mesmo o tão falado imperador, disse, numa vozinha fina:

— Bem; cabo, você vai ficar na minha companhia; há de ser o meu ordenança de confiança. Quer?...

— O senhor imperador vai ficar malservido: sou um gaúcho mui cru; mas para cumprir ordens e dar o pelego, tão bom haverá, melhor que eu, não!

Aí o homem riu-se e o velho também. E vai este indagou:

— Conheces-me?

— Como não?!... Desde 1845, no Ponche Verde; fui eu que uma madrugada levei a vossa excelência um ofício reservado, pra sua mão própria... e tive que lanhar uns quantos baianos abelhudos que entenderam de me tomar o papel... Vossa excelência mandou-me dormir e comer na sua barraca, e no outro dia me regalou um picaço grande, mui lindo, que...

— Bem me parecia, sim... E ainda és o mesmo homem?

— Sim sr., com algum osso mais duro e o juízo mais tironeado!

— É que sua majestade vai precisar de um chasque provado, seguro... há perigo, na missão...
— Uê! seu general!... Meu pai e minha mãe hoje, é esta!

E beijei a minha divisa de cabo.

O imperador pôs a mão no meu ombro e disse:
— Estimo-te. Podes ir... e cala-te.

E vancê creia... — que diabo — tive um estremeção por dentro!...

Eu pensava que o imperador era um homem diferente dos outros... assim todo de ouro, todo de brilhantes, com olhos de pedras finas...

Mas, não senhor, era um homem de carne e osso, igual aos outros... mas como *quera*... uma cara tão séria... e um jeito ao mesmo tempo tão sereno e tão mandador, que deixava um qualquer de rédea no chão!...

Isso é que era!...

Fiz meia-volta e fui tomar o meu lugar; o esquadrão desfilou, apresentando armas e fomos acampar. Logo a rapaziada crivou-me de perguntas... mas eu, soldado velho, contei um par de rodelas, queimei campo a boche, mas não afrouxei nada da conversa; não vê!...

De tardezita já entrava de serviço.

A não ser nas conversas particulares daqueles graúdos — pois tudo era só seu barão, seu conselheiro, seu visconde, seu ministro —, eu sempre via e ouvia o que se passava.

E a bem boas assisti.

Um dia apresentaram ao imperador um topetudo não sei donde, que perguntou, mui concho:
— Então vossa majestade tem gostado disto por aqui?
— Sim, sim, muito!

– Então por que não se muda pra cá, com a família?...

Outro, no meio da roda, puxou da traíra, sovou uma palha de palmo, e começou a picar um naco; esfregou o fumo na cova da mão, enrolou, fechou o baio e mui senhor de si ofereceu-o ao imperador.

– É servido?

– Não, obrigado; parece-me forte o seu fumo...

– Não sabe o que perde!... Então, com sua licença!...

E bateu o isqueiro e começou a pitar, tirando cada tragada que nuveava o ar!

Havia um que era barão e comandava um regimento, que era mesmo uma flor; tudo moçada parelha e guapa.

O imperador gabou muito a força, e aí no mais o barão já lhe largou esta agachada:

– Que vossa majestade está pensando?... Tudo isto é indiada coronilha, criada a apojo, churrasco e mate amargo... Não é como essa cuscada lá da Corte, que só bebe água e lambe a... barriga!...

Este mesmo barão, duma feita que o D. Pedro procurou no bolso umas balastracas para dar uma esmola e não achou mais nada, desafivelou a guaiaca e entregando-a disse:

– Tome, senhor! Cruzes! Nunca vi homem mais mão-aberta do que vossa majestade... olhe que quem dá o que tem, a pedir vem... mas... quando quiser os meus arreios prateados... e até a minha tropilha é só mandar... só reservo o tostado crespo e um qualquer pelego...

– Mas, sr. barão, nem por isso eu dou o que desejara...

– Ora qual!... Vossa majestade não dá a camisa... porque não tem tempo de tirá-la!...

Numa das marchas paramos num campestre, na beirada dum passo, perto dum ranchito.

Daí a pouco, com uma trouxinha na mão apareceu no acampamento uma velha, qua já tinha os olhos como retovo de bola. Por ali andou mirando, e depois, entrando mesmo no grupo onde ele estava, disse:

— Bom dia, moços! Qual de vocês é o imperador?
— Sou eu, dona! Assente-se.

A velha olhou-o de alto a baixo, calada, e depois rindo nos olhos:

— Deus te abençoe! Nossa Senhora te acompanhe, meu filho! Eu trago-te este bocadinho de fiambre!

E abrindo o pano, mui limpinho, mostrou um requeijão, que pela cor devia de estar um gambelo, de gordo e macio. D. Pedro agradeceu e quis dar uma nota à velha, que parou patrulha.

— Não! não!... Tu vais pra guerra... Os meus filhos e netos já lá andam... Eu só quero que vocês não se deixem tundar!...

Houve uma risada grande, da comitiva. A velhota ainda correu os olhos em roda e indagou:

— Diz que o seu Caxias também vem aqui... quem é?
— Sou eu, patrícia!... Conhece-me?
— De nome, sim, senhor. O meu defunto, em vida dele, sempre falava em vancê... Pois os caramurus iam fuzilar o coitado, quando vancê apareceu... Lembra-se?... E vai, quando o seu general Canabarro fez a paz entre os farrapos e os legais, o meu defunto jurou que onde estivesse o seu Caxias, ele havia de ir... mas morreu, por via dum inchume, que apareceu, aqui, lá nele. Mas, como por aqui, correu que vancê ia pra guerra dos paraguaios, o meu filho mais velho, em memória do pai, ajuntou os irmãos e os sobrinhos e uns quantos vizinhos e se tocaram todos, pra se apresentarem de

voluntários, a vancê!... Vancê dê notícias minhas e bote a benção neles; e diga a eles que não deixem o imperador perder a guerra... ainda que nenhum deles nunca mais me apareça!... Bem! com sua licença... Seu imperador, na volta, venha pousar no rancho de nhã Tuca; é de gente pobre, mas tudo é limpo com a graça de Deus... e sempre há de haver uma terneira gorda pra um costilhar!... Passar bem! Boa viagem... Deus os leve, Deus os traga!...

O imperador – esse era meio maricas, era! – abraçou a velha, prometendo voltar, por ali, e quando ela saiu, disse:

– Como é agradável esta rudeza tão franca!

Numa cidade onde pousamos, o imperador foi hospedado em casa dum fulano, sujeito pesado, porém mui gauchão.

Quando foi hora do almoço, na mesa só havia doces e doces... e nada mais. O imperador, por cerimônia, provou alguns: a comitiva arriou aqueles cerros açucarados. Quando foi o jantar, a mesma cousa: doces e mais doces!... Para não desgostar o homem, o imperador ainda serviu-se, mas pouco; e de noite, outra vez, chá e doces!

O imperador, com toda a sua imperadorice, gurniu fome!

No outro dia, de manhã, o fulano foi saber como o hóspede havia passado a noite e ao mesmo tempo acompanhava uma rica bandeja com chá e... doces...

Aí o imperador não pode mais... estava enfarado!...

– Meu amigo, os doces são magníficos... mas eu agradecia-lhe muito se me arranjasse antes um feijãozinho... uma lasca de carne...

O homem ficou sério... e depois largou uma risada:

– Quê! Pois vossa majestade come carne?! Disseram-me que as pessoas reais só se tratavam a bicos de rouxinóis e doces e pasteizinhos!... Por que não disse antes, senhor? Com trezentos diabos!... Ora esta!... Vamos já a um churrasco... que eu, também, não aguento estas porquerias!...

OS CABELOS DA CHINA[6]

—**V**ancê sabe que eu tive e me servi muito tempo dum buçalete e cabresto feitos de cabelo de mulher?... Verdade que fui inocente no caso.

Mais tarde soube que a dona dele morreu; soube, galopeei até onde ela estava sendo velada; acompanhei o enterro... e quando botaram a defunta na cova, então atirei lá pra dentro aquelas peças, feitas do cabelo dela, cortado quando ela era moça e tafulona... Tirei um peso de cima do peito: entreguei à criatura o que Deus lhe tinha dado.

Eu conto como foi.

Quem me ensinou a courear uma égua, a preceito, estaquear o couro, cortar, lonquear, amaciar de mordaça, o quanto, quanto...; e depois tirar os tentos, desde os mais largos até os fininhos, como cerda de porco, e menos, quem me ensinou a trançar, foi um tal Juca

---

[6] Como o leitor certamente já percebeu, abundam nos escritos de João Simões Lopes Neto os vocábulos regionais. Tais vocábulos integram a língua literária gauchesca. Em nosso trabalho *Pour une définition de la littérature 'gauchesca' brésilienne* (cf. Introdução, nota 1), estudamos detalhadamente a sua formação e fixação. No conto "Os cabelos da China", deparamos com muitas palavras de origem espanhola ou indígena, exemplificadoras dessa língua literária.

Picumã, um chiru já madurázio, e que tinha mãos de anjo para trabalhos de guasqueiro, desde fazer um sovéu campeiro até o mais fino preparo para um recau de luxo, mestraço, que era, em armar qualquer roseta, bombas, botões e tranças de mil feitios.

Este índio Juca era homem de passar uma noite inteira comendo carne e mateando, contanto que estivesse acoc'rado em cima quase dos tições, curtindo-se na fumaça quente... Era até por causa desta catinga que chamavam-lhe – picumã.

Pra mais nada prestava; andava sempre esmolambado, com uns caraminguás mui tristes; e nem se lavava, o desgraçado, pois tinha cascão grosso no cogote.

Comia como um chimarrão, dormia como um lagarto; valente como quê... e ginete, então, nem se fala!...

Para montar, isso sim!... fosse potro cru ou qualquer aporreado, caborteiro ou velhaco – o diabo, que fosse! –, ele enfrenava e bancava-se em cima, quieto como vancê ou eu, sentados num toco de pau!... Podia o bagual esconder a cabeça, berrar, despedaçar-se em corcovos, que o chiru velho batia o isqueiro e acendia o pito, como qualquer dona acende a candeia em cima da mesa! Às vezes o ventana era traiçoeiro e lá se vinha de lombo, boleando-se, ou acontecia planchar-se: o coronilha escorregava como um gato e mal que o sotreta batia a alcatra na terra ingrata, já lhe chovia entre as orelhas o rabo de tatu, que era uma temeridade!...

Voltar o caboclo, isto é que não!

E bastante dinheiro ganhava; mas sempre despilchado, pobre como rato de igreja.

Um dia perguntei-lhe o que é que este fazia das balastracas e bolivianos, e meias doblas e até onças de ouro, que ganhava...

Esteve muito tempo me olhando e depois respondeu, todo num prazer, como se tivesse um pedaço do céu encravado dentro do coração:

– Mando pra Rosa... tudo! E é pouco, ainda!

– Que Rosa é essa?

– É a minha filha! Linda como os amores! Mas não é pra o bico de qualquer lombo-sujo, como eu...

A conversa ficou por aí.

Passaram os anos. Eu já tinha o meu bigodinho.

Rebentou a Guerra dos Farrapos; eu me apresentei, de minha vontade; e com quem vou topar, de companheiro? Com o Juca Picumã.

Duma feita andávamos tocados de perto pelos caramurus... Tínhamos saído em piquete de descoberta e aconteceu que, depois de vararmos um passo, os legalistas nos cortaram a retirada e vieram nos apertando sobre outra força companheira, como para comer-nos entre duas queixadas...

E não nos davam alce; mal boleávamos a perna para churrasquear um pedaço de carne e já os bichos nos caíam em cima...

Na guerra a gente às vezes se vê nestas embretadas, mesmo sendo o mais forte, como éramos nós, que bem podíamos até correr a pelego aqueles camelos... mas são cousas que os chefes é que sabem e mandam que se as aguente, porque é serviço...

Ora bem; havia já dois dias e duas noites que vivíamos neste apuro; arrinconados nalgum campestre dava-se um verdeio aos cavalos; os homens cochilavam em pé; nisto um bombeiro assobiava, outro respondia e o capitão, em voz baixa e rápida, mandava:

– Monta, gente!

E o Juca Picumã, que era o vaqueano, tomava a ponta e metia-nos por aquela enredada de galhos e cipós e lá íamos, mato dentro, roçando nos paus, afastando os espinhos e batendo a mosquitada, que nos carneava... Ninguém falava. A rapaziada era de dar e tomar, e – sem desfazer em vancê, que está presente –, eu era do fandango... e devo dizer que nesse tempo, fui mondongo meio duro de pelar...

Dessa vereda o vaqueano foi pendendo para a esquerda; de repente batemos na barranca do arroio, e ele sem dizer palavra meteu n'água o cavalo e, devagarzinho, fomos encordoando de atrás e varando, de bolapé.

Seguimos um pedaço, sempre sobre a esquerda, e mui adiante tornamos a varar o arroio para o lado que tínhamos deixado. Tínhamos feito uma marcha em roda, que íamos agora fechar saindo na retaguarda do acampamento dos legalistas.

Num campestrezinho paramos; o capitão mandou apear, rédea na mão, tudo pronto ao primeiro grito.

Depois acolherou-se com o Juca Picumã e meteram-se no mato e aí boquejaram um tempão. Depois voltaram.

Então o capitão correu os olhos pelos rapazes e disse:

– Preciso de um, que toque viola...

Mas o Picumã xereteou logo:

– Tem aí esse pisa-flores, o furriel Blau...

– Esse gurizote?...

– Sim, senhor, esse; é cruza de calombo!...

E deu de rédea, com cara de sono. O capitão acompanhou-o, mandando que eu seguisse; e eu segui-o, quente de raiva, pelo pouco caso com que ele chamou-me – gurizote. Se não fosse pelas divisas, eu dava-lhe o – gurizote!...

Fomos andando... parando... farejando... escutando... Em certa altura o Picumã, sem se voltar, levantou o braço de mão aberta e parou. O capitão parou, e eu.

O chiru disse, baixo:

— Está perto... ali!... E o churrasco é gordo!...

E levantava e mexia o nariz, tal e qual como um cachorro, rastreando...

E apeamos.

— Vamos botar um torniquete nos cavalos, para não relincharem...

Fizemos, com o fiel do rebenque.

— Tiramos as esporas, por causa dalguma enrediça... Tiramos.

— Bom; agora o capitão diz como há de ser o serviço...

O oficial encruzou os braços e assim esteve um pedaço, alinhavando a ideia; depois, como falando mais pra mim do que pra o outro, disse:

— Olha, furriel Blau, tu e o velho Picumã vão jogar o pelego numa arriscada... Ele que te escolheu pra companheiro é porque sabe que és homem... Há dois dias, como sabes, andamos nestes matos..., mas não é tanto pelo serviço militar, é mais por um vareio que quero dar... por minha conta... Ouve. A minha china fugiu-me, seduzida pelo comandante desta força... Vocês vão-se apresentar a ele, como desertados e que se querem passar... Ele é um espalha-brasas; ela é dançadeira...; arranja jeito de rufar numa viola e abre o peito numas cantigas... Tendo farra estão eles como querem... E enquanto estiverem descuidados, eu caio-lhes em cima com a nossa gente. Agora... quando fechar o entrevero só quero que tu te botes ao comandante... e que lhe passes os maneadores... quero-o amarrado...; entendes? És capaz?... O Picumã ajuda... O resto... depois...

— Mas... não é pra defuntar o homem... amarrado?...

— Não! Acoquiná-lo, só...

— A tal piguancha, também... não é pra... lonquear?...
— Então, vou. Mas quem fala é o Picumã...; eu, nem mentindo digo que sou desertor...
— Estás te fazendo muito de manto de seda!... Cuidado!...
— Seu capitão é oficial... nada pega...; eu sou um pobre soldado que qualquer pode mandar jungir nas estacas...

Aí o Picumã meteu a colher.

— Seu capitão, o mocito não é sonso, não! Deixe estar, patrãozinho, tudo é comigo... vancê só tem é que atar o gagino...

Depois os dois se abriram e ainda estiveram de cochicho, rematando as suas tramas.

O capitão montou.

— Bueno!... Vejam o que fazem; eu vou buscar a gente, e, conforme chegar, carrego. Vocês devem-se arrinconar junto da carreta, para eu saber. Blau!... não cochiles: o ruivo não é trigo limpo!...

E desandou por entre as árvores.

Quando não se ouviu mais nada o chiru convidou.

— Vamos: nos apresentamos como passados, que já andamos entocados aqui há uns quantos dias. Deixe estar, que eu falo... estes caramurus são uns bolas... Vai ver como passamos o buçal... logo nos aceitam! Vamos! Ah! meta dentro da camisa uma cana de rédea...

— Não! Desfeiteá-la, só... é para a maneia do homem... Os companheiros depois nos levam os mancarrões, a cabresto...

E metemos a cabeça no mato, ele adiante, a rumo do cheiro, dizia.

Andamos mais de seis quadras; nisto, o chiru pegou a cantar umas coplas, devagar, meio baixo, como quem anda muito descansado, de propósito para ir chamando o ouvido de algum bombeiro, se houvesse...

Ora... dito e feito! Com duas quadras mais, um vulto junto duma caneleira morruda, gritou, no sombreado das ramas:

– Quem vem lá!

– É de paz!

– Alto! Quem é?

– É gente pra força, patrício! Andamos campeando vocês desde já hoje...

– Hã! Pra quê?

– Ora, pra quê?... Pra escaramuçar os farrapos!... E queremos jurar bandeira com o ruivo...

– Ah! vancês conhecem o comandante?

– Ora... ora! Mangangá de ferrão brabo! Ora, se conheço... Então, seguimos?...

– Passem. Vão por aqui... até topar um sangradouro...; aí tem outra sentinela; diga que falou comigo, o Marcos...

– 'Tá bom... Quando render, vá tomar um mate comigo!...

Fomos andando, até a sanga dita; aí topamos com a outra sentinela; o chiru nem esperou o grito, ele é que falou, ainda longe:

– Oh... sentinela!

– Quem vem lá?...

– Foi o Marcos quem nos mandou; andávamos extraviados... ele nos conhece... vamos levar um aviso ao comandante... É dos farrapos que andavam ontem por aqui... foram corridos...

– Hã! Pois passem...

– Sim... Pois é... foram-se à ramada do Guedes... Com um couro na cola, os trompetas!... Tem aí cavalhada de refresco?

— Que nada! A reiunada está estransilhada... A gente a custo se mexia... E pra mal dos pecados ainda o comandante traz uma china milongueira, numa carreta toldada, que só serve pra atrapalhar a marcha... A china é lindaça... mas é o mesmo... sempre é um estorvo!...

Aqui o Picumã se acoc'rou, tirou uma ponta de trás da orelha e pediu-me:

— Dá cá os avios, parceiro...

E bateu fogo. Reparei que a respiração do chiru estava a modo entupida... Mas pegou outra vez:

— É... o Marcos disse-me que o comandante é mui rufião...

— É mesmo; mal-empregada, a cabocla; qualquer dia ele mete-lhe os pés... é o costume... Ora!...

— É... assim, é pena... Vamos, parceiro. Até logo. Como é a sua graça?

— João Antônio, seu criado... E a sua, inda que mal pergunte?

— Juca, patrício... Juca no mais... Quando render, espero a sua pessoa para um amargo!...

— 'Stá feito!... Vá em paz!...

E outra vez nos mexemos, agora sobre o acampamento dos legais. Começamos a ouvir o falaraz dos homens, assobios, risadas, picamento de lenha, uma rusga de cachorros.

Mais umas braças. Chegamos. No meio do campestre uma fogueira grande, rodeada de espetos onde o churrasco chiava, pingando o fartum da gordura; nas brasas, umas quantas chocolateiras, fervendo; armas dependuradas, botas secando, japonas abertas, e ponchos, nos galhos. Deitados nos pelegos, nas caronas, muitos soldados ressonavam; outros, em mangas de camisa, pitavam, mateavam.

Do lado da sombra uma carreta toldada. Num fueiro, pendurado, um porongo morrudo, tapado com um sabugo; vestidos de mulher, arejando, diziam logo o que aquilo era. Pertinho, outro fogão, também com churrasco, uma chaleira aquentando e uma panela cozinhando algum fervido... Uma fumaça mui azul, cerrava tudo, alastrando-se na calmaria da ressolana.

Dois cavalos à soga, e um outro, bem aperado, maneado, pastando.

Mal que desembocamos do mato vimos tudo... e tudo com jeito de acampamento relaxado.

O chiru foi andando como cancheiro, e eu, na cola dele. Nisto um sujeito, deitado nos arreios, gritou-nos:

– Chê! Aspa-torta! Então isto aqui é quartel de farrapos?... não se dá satisfações a ninguém?...

– Foi o Marcos que nos mandou...

– Que Marcos?

– O Marcos, que está de sentinela... e o João Antônio... sim, senhor, para falar com o comandante...

– Isso é outro caso... O comandante está sesteando... Se quiserem, esperem ali, junto da carreta. Já comeram?

– Já, sim senhor.

– Pois então!... Vão!

E apontou.

Arrolhamo-nos na sombra da carreta, junto da roda, encostando a cabeça na maça. Eu estava como em cima de brasas... não era pra menos...

Cuna!... Se descobrissem, nos carneavam, vivos!...

O Picumã cochilava... mas estava alerta, porque as vezes eu bem via fuzilar o branco dos olhos, na racha das pálpebras, entre o sombreado das pestanas...

A milicada começou a retirar os churrascos, já prontos e foi-se arranchando em grupos, para comer.

Nisto, por cima de nós, dentro da carreta, ouvimos falar, e depois uma risada moça, e logo uma mulher desceu, barulhando anáguas.

O chiru, que estava com os braços encruzados por cima dos joelhos, quando sentiu a mulher, afundou a cabeça pra diante, escondendo a cara... e o chapéu ainda ficou imprensado entre a testa e a curva do braço... Então passou pela nossa frente a cabocla... viu um como dormido e o outro, que era eu, mui derreado e bocó... E foi-se à panela, mirou-a, apertando os olhos por via da fumaça e do mormaço do brasido.

Por Deus e um patacão!...

Era um chinocão de agalhas!... Seiuda, enquartada, de boas cores, olhos terneiros... e com uma trança macota, ondeada, negra, lustrosa, que caía meio desfeita, pelas costas, até o garrão!...

– Por que seria que este diabo largou o meu capitão, para se acolherar com este tal ruivo?...

Isto de chinas e gatos... quem amimar sai arranhado... Talvez por este ser ruivo... talvez por farromeiro... por causa dalgum cavalo que ela gabou e ele regalou-lhe... e até... até por enfarada do outro... Ora vão lá saber!...

Nisto a piguancha alçou a panela e voltou pra carreta.

O chiru então, com a cara de lado, soprou-me de leve:

– Ela não se arpistou quando me viu?...

– Não... nem nos benzeu com um olhado... É uma cabocla enfestada!...

– Cale a boca... Apronte-se que o fandango não tarda.

– Eu preferia bailar com a morena...

– Aqueles dois do mate convidado não vêm mais...

– Os sentinelas?

– Sim; com certeza o capitão enxugou-os... Está me palpitando que a gente está desabando aí...

– Palavras não eram ditas, que saiu do mato um milico, pondo a alma pela boca, e balançando, de cansaço e medo, mascou a nova:

– Os farrapos! Os farrapos! Mataram o João Antônio!...

Estrondeou um tiro... zuniu uma bala... um legal virou, pataleando.

E pipoqueou a fuzilaria em cima da camelada!

Eu, pulei logo para o recavém da carreta, para me botar ao ruivo; mas antes de chegar já ele tinha descido... e se foi ao cavalo, que montou de pulo e mesmo sem freio e maneado, tapeando-o no mais, tocou picada fora.

E berrou à gente:

– Pra o rincão! Pra o rincão!

E com a folha da espada tocou o flete, que pelo visto era mestre naquelas arrancadas.

Mesmo assim eu ia ver se segurava o homem, mas o chiru gritou-me:

– Deixe! Deixe! Agora é tarde!...

Naturalmente de dentro da carreta a china viu o entrevero, e que o negócio estava malparado; e pulou pra fora, pra disparar e ganhar o mato. Mas quando pisou o pé em terra, a mão do Juca Picumã fechou-lhe o braço, como uma garra de tamanduá...

A cabocla não estava tão perdida de susto, porque ainda deu um safanão forte e gritou, braba:

– Larga, desgraçado!...

E olhou, entonada... mas conheceu o chiru e ficou abichornada, pateta...

– O tata! O tata!...

– Cachorra!... Laço, é o que tu mereces!...

— Me largue, tata!...
— Primeiro hei de cair-te de relho... pra não seres a vergonha da minha cara...

Neste instante, fulo de raiva, o nosso capitão manoteou-a pelo outro braço.

— Ah! mencê... perdão!... Nunca mais!... Eu... Eu...
— Eu é que vou dar-te sesteadas com o ruivo, guincha desgraçada!

E furioso, piscando os olhos, com as veias da testa inchadas, largou o braço da morena mas agarrou-lhe os cabelos, a trança quase desmanchada, fechando na mão duas voltas, agarrou curto, entre os ombros, pertinho da nuca... e puxou pra trás a cabeça da cabocla..., com a outra mão pelou a faca, afiada, faiscando e procurou o pescoço da falsa...

Chegou a riscar... riscar, só, porque o chiru velho, o Juca Picumã, foi mais ligeiro: mandou-lhe o facão, de ponta, bandeando-o de lado a lado, pela altura do coração!...

— Isso não!... é minha filha! disse.

O capitão revirou os olhos e deu um suspiro rouco... depois respirou forte, espirrou uma espumarada de sangue e afrouxou os joelhos... e logo caiu, pesado, com uma mão apertada, sem largar a faca, com a outra mão apertada, sem largar a trança...

E a china, assim presa, rodou por cima dele, lambuzando-se na sangueira que golfava pelo rasgão do talho, que bufava na respiração do morrente...

Vendo isso, o Picumã quis soltar a piguancha e forçou abrir a mão do capitão: qual! era um torniquete de ferro; tironeou... nada! Então, sem perder tempo, com o mesmo facão matador cortou a trança, rente, entre a mão do morto e a cabeça da viva... Foi — ra... raaac! — e a china viu-se solta, mas sura da trança, tosada, tosquiada, como égua xucra que se cerdeia a talhos brutos, ponta abaixo, ponta acima...

E mal que sentiu-se livre sacudiu a cabeça, azonzada, relanceou os olhos assombrados, arrepanhou as anáguas e disparou mato dentro, como uma anta...

– Cachorra!... vai-te!... rugiu o chiru, limpando o ferro na manga da japona. E olhando o corpo do capitão, cuspiu-lhe em cima, resmungando:

– Pois é... seduziu... e agora queria degolar... É mui triste, pra mim:

– Vancê vai dar parte de mim?

– Esta é a Rosa, a tua filha?

– Sim, senhor, que eu criei com tanto zelo!...

E mais não pudemos dizer, porque o entrevero rondou para o nosso lado... e tivemos que fazer pela vida!... No meio do berzabum o Picumã ainda achou jeito de atirar uns quantos tições pra dentro da carreta... e daí a pouco o fogo lavorava forte naquele ninho de amores... A la fresca!... que ninho!...

Alguém gritou: o capitão 'stá morto!... Vamos embora!...

Um de a cavalo atravessou-o no lombilho e fomos retirando, tiroteando sempre.

Mas a trança não ia mais na mão do morto.

Passaram-se uns três meses largos; em muita correria andamos, surpresas, tiroteios, combates sérios.

Um dia um estancieiro regalou-me um pingo tordilho, pequenitate, mas mui mimoso. Quando eu ia sentar-lhe as garras, apareceu-me o Picumã, sempre esfrangalhado e com cara de sono, e disse-me, desembrulhando um pano sujo:

– Vim trazer-lhe um presente; é um trançado feito por mim; e há de ficar mui bem no tordilho, porque é preto...

E ajeitou na cabeça do cavalo um buçalete e cabresto preto, de cabelo, trançado na perfeição. Nunca passou-me pela ideia cousa nenhuma a respeito...

O meu esquadrão marchou para a fronteira; depois andamos de Herodes para Pilatos, até que no combate das Tunas... fomos topar com os antigos companheiros de divisão. Brigamos muito, nesse dia. Aí ganhei as minhas batatas de sargento.

Não sei como ele soube, mas de noute um fulano procurou-me dizendo que o soldado Juca Picumã, um chiru velho, que estava muito ferido, pedia para eu não deixá-lo morrer sem vê-lo.

Lá fui. Estava o chiru deitado nas caronas e todo reatado de panos, pela cabeça, nas costelas, nas pernas.

O coitado gemia surdo, de boca fechada; e às vezes cuspia preto...

Quando me viu, à luz de uma candeia de barro fresco, quis mexer os ossos e não pôde...

– Então, Picumã... homem afloxa o garrão?...

E ele falou tremendo na voz:

– Estou... como um crivo... Eram oito... em cima... de mim... só pude... estrompar... cinco!... Vancê... ainda... tem... aquele buçalete?...

– Tenho sim; meio estragado, mas tu ainda hás de compô-lo, não é?...

– Não... eu queria... eu queria... lhe... lhe pedir... ele, outra vez... pra... pra mim...

– Pois sim, dou-te! Amanhã trago-te.

– É do... do cabelo da Rosa... a trança... lembra-se?...

Levantei-me, como se levasse um pregaço no costilhar... O buçalete era feito do cabelo da china?!... E aquele chiru de alma crua... E quando firmei a vista no índio, ele arregalou os olhos, teve uma ronqueira gargalejada e finou-se, nuns esticões...

Nessa mesma madrugada fui mandado num piquete de reconhecimento, de forma que não soube onde nem como foi enterrado o Picumã, porque o meu desejo era atirar-lhe pra cova aquele presente agourento....

Agourento... agourento não digo, porque afinal enquanto usei aquele buçalete nunca fui ferido... e ganhei de uma a quatro divisas...

Tem é que dobrei a prenda, reatei-a com um tento e soquei-a pro fundo da maleta, até ver...

Até que um dia, como lhe disse, soube que a Rosa morreu e então... ah!... já lhe disse também: atirei para a cova da china os cabelos daquela trança... doutro jeito, é verdade... mas sempre os mesmos!...

O ANJO DA VITÓRIA[7]

— Foi depois da batalha de Ituzaingo, no passo do Rosário, pra lá de São Gabriel, do outro lado do banhado de Inhatium. Vancê não sabe o que é inhatium?
É mosquito: bem posto nome!
Banhado de Inhatium... Virge' Nossa Senhora!... mosquito, aí, fumaceia, no ar!
Eu era gurizote: teria, o muito, uns dez anos: e andava na companhia do meu padrinho, que era capitão, para carregar os peçuelos e os avios do chimarrão.
As cousas da peleia não sei, porque era menino e não guardava as conversas dos grandes; o que eu queria era haraganear; mas, se bem me lembro, o meu padrinho dizia que nós estávamos mal acampados, e estransilhados, pensando culatrear o inimigo, mas que este é que nos estava nos garrões; não havia bombei-

---

[7] A propósito do conto "O anjo da vitória", convém ter presente o que foi mencionado anteriormente (cf. nota 5). Ademais, a valentia que nele se exprime poderia ter sido inspirada pelas façanhas do próprio pai de João Simões Lopes Neto, Catão Bonifácio Simões Lopes (1838-1896). Aliás, este, que recebera dos familiares a alcunha de Tandão Lopes, serve de modelo ao protagonista de "Juca Guerra" (cf. REVERBEL, C. *Um capitão da Guarda Nacional*, p. 18-9 e 27). Por conseguinte, também o discurso biográfico interfere na elaboração dos contos do nosso autor.

ros nem ordem, que o exército vinha num berzabum, e que o general que mandava tudo, que era um tal Barbacena, não passava de um presilha, que por andar um dia a cavalo já tinha que tomar banhos de salmoura e esfregar as assaduras com sebo...

O meu padrinho era um gaúcho mui sorro e acostumado na guerra, desde o tempo das Missões, e que mesmo dormindo estava com meio ouvido, escutando, e meio olho, vendo...; mesmo ressonando não desgrudava pelo menos dois dedos dos copos da *serpentina*...

Num escurecer, enquanto pelo acampamento os soldados carneavam e outros tocavam viola e cantavam, ou dormiam ou chalravam, o que sei é que nesse escurecer o meu padrinho mandou pegar os nossos cavalos; e encilhamos até a cincha; e depois nos deitamos nos pelegos, com os pingos pela rédea, maneados: ele, armado, mateando; eu, enroscadito no meu bichará, e o ordenança, que era um chiru ombrudo, chamado Hilarião, pitando.

Eu, como criança, peguei logo a cochilar.

Amigo! Vancê creia: o coração, às vezes, trepa dentro da gente o mesmo que jaguatirica por uma árvore acima!...

Lá pelas tantas, ouviu-se cornetas e clarins e rufos de caixa...; mas o som dos toques andava ainda galopeando dentro do silêncio da noite quando desabou em cima de nós a castelhanada, a gritos, e já nos foi fumegando bala e bala!...

Numa arrancada dessas é que o coração trepa, dentro da gente, como gato...

– Desmaneia e monta! gritou o meu padrinho; ele que falava, eu e o chiru que já estávamos enforquilhados nas garras.

E por entre as barracas e ramadas; por entre os fogões meio apagados, onde ainda havia fincados espetos com restos de churrascos; por entre as carretas e as pontas de bois mansos e lotes de reiunos; no fusco-fusco da madrugada, com uma cerraçãozita o quanto-quanto; por entre toques e ordens e chamados, e a choradeira do chinaredo e o vozerio do comércio, já no cheiro da pólvora e em cima dos primeiros feridos, formou-se o entrevero dos atacantes e dos dormilões.

E cantou o ferro... e choveu bala!...

O meu padrinho levantou na rédea o azulego: e de espada em punho, o chiru, com uma lança de meia-lua – e eu entre os dois, enroscadito no meu bichará – nos botamos ao grosso do redomoinho, para abrir caminho para o quartel-general do dito Barbacena.

Como lá chegamos, não sei.

A espada do meu padrinho estava torcida como um cipó, e vermelha, e o azulego tinha uns quantos lanhos na anca; o Hilarião tinha um corte de cima a baixo da japona, e eu levei um lançaço, que por sorte pegou no malote do poncho.

Mas, varamos.

No quartel do Barbacena ninguém se entendia.

A oficialada espumava, de raiva, e em cutuba, baixote, já velho, botava e tirava o boné e metia as unhas na calva, furioso, de raiar sangue!...

Esse, era um tal general Abreu... um tal general José de Abreu, valente como as armas, guapo como um leão... que a gauchada daquele tempo – e que era torenada macota! – bautizou e chamava de – Anjo da Vitória!

Esse, o cavalo dele não dava de rédea para trás, não! Esse, quando havia fome, apertava o cinto com os outros e ria-se!

Esse, dormia como quero-quero, farejava como cervo e rastreava como índio...; esse, quando carregava, era como um ventarrão, abrindo claros num matagal.

Com esse... castelhano se desguaritava por essas coxilhas o mesmo que bandada de nhandu, corrida a tiro de bolas!...

Era o Anjo da Vitória, esse!

Daí a pouco apareceu um outro oficial, mocetão bonito, que era major. Este chamava-se Bento Gonçalves, que depois foi meu general, nos Farrapos.

Os dois se conversaram, apalavraram os outros e tudo montou e tocou pra rumos diferentes.

No acampamento estrondeava a briga.

Já tinha amanhecido.

Eu andava colado ao meu padrinho, como carrapato em costela de novilho. Por onde ele andou, andei eu; passou, passei; carregava, eu carregava; fazia cara-volta, eu também.

Naquelas correrias, o meu bicharazito, às vezes, enchia-se de vento, e voava, batia aberto, que nem uma bandeira cinzenta...

O major Bento Gonçalves formando a cavalaria, aguentava como um taura as cargas do inimigo, para ir entretendo e dar tempo à nossa gente de quadrar-se, unida.

Os castelhanos, mui ardilosos, logo que aquentou o sol tocaram fogo nos macegais onde estava o carretame; o vento ajudou, e enquanto eles carcheavam a seu gosto, uma fumaça braba tapou tudo, do nosso lado!...

Então o general Abreu no alto do coxilhão formou os seus esquadrões: o meu padrinho comandava um deles.

Formou, fez uma fala à gente e carregou, ele, na frente, montado num tordilho salino, ressolhador.

Oh! velho temerário! Firme nos estribos, com o boné levantado sobre o cocuruto da cabeça, a espada apontando como um dedo, faiscando, o velhito ponteou aquela tormenta, que se despenhou pelo lançante abaixo e afundou-se e estranhou-se na massa cerrada do inimigo, como uma cunha de nhanduvai abrindo em dois um moirão grosso de guajuvira... E deixando uma estiva de estrompados, de mortos, de atarantados, de feridos e de morrentes – como quando rufa um rodeio xucro... vancê já viu? – varou para o outro lado, mandou fazer – alto, cara-volta! – e mal que reformou os esquadrões, os homens chalrando e rindo, a cavalhada, de venta aberta, bufando ao faro do sangue e trocando orelha, pelo alarido, o velho já se bancou outra vez na testa, gritou – Viva o Imperador! – e mandou – Carrega!

E a tormenta da valentia rolou, outra vez, sobre o campo.

Mas nesta hora maldita, a fumaça maldita nos rodeava e cegava; e mal íamos dando lance à carga – eu, folheirito, abanando no mais o meu bichará pra o Hilarião – rebentou na vanguarda e num flanco a fuzilaria, e vieram as baionetas... e uma colubrina, que nos tiroteavam donde não podia ser!...

A nossa cavalaria se enrodilhou toda, fazendo uma enrascada de mil-diabos... e enquanto o tiroteio nos estraçalhava, que os ginetes e os cavalos caíam, varados, e que, por fim, os próprios esquadrões já iam rusgando uns com os outros – aí, amigo, andei eu às pechadas! – enquanto isso... veio uma rajada forte de vento, que varreu a fumaça, limpou a vista de todos e mostrou que era a nossa infantaria que nos tinha feito aquela desgraça...

Então, por cima dos mortos e dos feridos houve um silêncio grande, de raiva e de pena... como de quem pede perdão, calado... ou de quem chora de saudade, baixinho.

Lá longe, os castelhanos, enganados, tocaram a retirada. O nosso quartel-general também tocou a retirada.

Pegou a debandada; dispersava-se a gente por todos os lados, aos punhados, botando fora as pederneiras, as patronas; muitos sotretas fugiram de cambulhada com o chinerio...

Metades de batalhões arrinconavam-se, outras encordoavam marcha.

Os ajudantes galopavam conduzindo ordens... mas parecia que toda a força ia fugindo duma batalha perdida, que não era, porque tudo aquilo era da indisciplina, somentes.

O Anjo da Vitória lá ficou, onde era a frente dos seus esquadrões, crivado de balas, morto, e ainda segurando a espada, agora quebrada.

Campeei o meu padrinho: morto, também, caído ao lado do azulego, arrebentado nas paletas por um tiro de peça; ali junto, apertando ainda a lança, toda lascada, estrebuchava o Hilarião, sem dar acordo, aiando, só aiando...

Deitado sobre o pescoço do cavalo, comecei a chorar.
Peguei a chamar:
– Padrinho! padrinho!...
– Hilarião! Meu padrinho!...

Apeei-me, vim me chegando e chamando – padrinho!... padrinho!... e tomei-lhe a bênção, na mão, já fria;... puxei na manga do chiru, que já nem bulia...

Sem querer fiquei vendo as forças que iam-se movendo e se distanciando... e num tirão, quando ia montar de novo, sem saber pra quê... foi que vi que estava sozinho, abandonado, gaudério e gaúcho, sem ninguém pra me cuidar!...

Foi então, que, sem saber como, já de a cavalo, enquanto sem eu sentir as lágrimas caíam-me e rolavam sobre o bichará, os olhos se me plantaram sobre o tordilho salino... sobre o coto da espada... sobre um boné galoado...

E o cabelo me cresceu e fiquei de choro parado... e ouvi, patentemente, ouvi bem ouvido, o velho macota, o Anjo da Vitória, morto como estava, gritar ainda e forte – Viva o Imperador! Carrega!

O meu bicharazito se empantufou de vento, desdobrou-se, batendo como umas asas... o mancarrão bufou, recuando, assustado... e quando dei por mim, andava enancado num lote de fujões...

Comi do ruim... Vê vancê que eu era guri e já corria mundo...

CONTRABANDISTA[8]

— Batia nos noventa anos o corpo magro mas sempre teso do Jango Jorge, um que foi capitão duma maloca de contrabandistas que fez cancha nos banhados do Ibirocaí.

Esse gaúcho desabotinado levou a existência inteira a cruzar os campos da fronteira; à luz do sol, no desmaiado da lua, na escuridão das noites, na cerração das madrugadas...; ainda que chovesse reiunos acolherados ou que ventasse como por alma de padre, nunca errou vau, nunca perdeu atalho, nunca desandou cruzada!...

Conhecia as querências, pelo faro: aqui era o cheiro do açouta-cavalo florescido, lá o dos trevais, o das guabirobas rasteiras, do capim-limão; pelo ouvido: aqui, cancha de graxains, lá os pastos que ensurdecem ou estalam no casco do cavalo; adiante, o chape-chape, noutro ponto, o areão. Até pelo gosto ele dizia

---

8 Como salienta Carlos Reverbel, "Jango Jorge, personagem central do 'Contrabandista', uma de suas obras-primas, 'foi capitão duma maloca de contrabandistas que fez cancha nos banhados do Ibirocaí'. Ou seja, nos banhados da Estância São Sebastião [de propriedade do Visconde da Graça e administrada por Catão Bonifácio Simões Lopes]" (*Um capitão da Guarda Nacional*, p. 30). Ainda neste caso, pois, João Simões Lopes Neto parte da realidade para construir o seu texto artístico. Quando o conclui, porém, essa realidade se dissipa completamente.

a parada, porque sabia onde estavam águas salobres e águas leves, com sabor de barro ou sabendo a limo.

Tinha vindo das guerras do outro tempo; foi um dos que peleou na batalha de Ituzaingo; foi do esquadrão do general José de Abreu. E sempre que falava no Anjo da Vitória ainda tirava o chapéu, numa braçada larga, como se cumprimentasse alguém de muito respeito, numa distância muito longe.

Foi sempre um gaúcho quebralhão, e despilchado sempre, por ser muito de mãos abertas.

Se numa mesa de primeira ganhava uma ponchada de balastracas, reunia a gurizada da casa, fazia – pi! pi! pi! pi! – como pra galinhas e semeava as moedas, rindo-se do formigueiro que a miuçalha formava, catando as pratas no terreiro.

Gostava de sentar um laçaço num cachorro, mas desses laçaços de apanhar da paleta à virilha, e puxado a valer, tanto que o bicho que o tomava, ficando entupido de dor, e lombeando-se, depois de disparar um pouco é que gritava, num – caim! caim! caim! – de desespero.

Outras vezes dava-lhe para armar uma jantarola, e sobre o fim do festo, quando já estava tudo meio entropigaitado, puxava por uma ponta da toalha e lá vinha, de tirão seco, toda a traquitanda dos pratos e copos e garrafas e restos de comidas e caldas dos doces!...

Depois garganteava a chuspa e largava as onças pras unhas do bolicheiro, que aproveitava o vento e *le echaba cuentas de gran capitán...*

Era um pagodista!

Aqui há poucos anos – coitado! – pousei no arranchamento dele. Casado ou doutro jeito, estava afamilhado. Não nos víamos desde muito tempo.

A dona da casa era uma mulher mocetona ainda, bem parecida e mui prazenteira; de filhos, uns três matalotes já emplumados e uma mocinha – pro caso, uma moça –, que era o – santo-antoninho-onde-te--porei! – daquela gente toda.

E era mesmo uma formosura; e prendada, mui habilidosa; tinha andado na escola e sabia botar os vestidos esquisitos das cidadãs da vila.

E noiva, casadeira, já era.

E deu o caso, que quando eu pousei, foi justo pelas vésperas do casamento; estavam esperando o noivo e o resto do enxoval dela.

O noivo chegou no outro dia; grande alegria; começaram os aprontamentos, e como me convidaram com gosto, fiquei pro festo.

O Jango Jorge saiu na madrugada seguinte, para ir buscar o tal enxoval da filha.

Aonde, não sei; parecia-me que aquilo devia ser feito em casa, à moda antiga, mas, como cada um manda no que é seu...

Fiquei verdeando, à espera, e fui dando um ajutório na matança do leitões e no tiramento dos assados com couro.

Nesta terra do Rio Grande sempre se contrabandeou, desde em antes da tomada das Missões.

Naqueles tempos o que se fazia era sem malícia, e mais por divertir e acoquinar as guardas do inimigo: uma partida de guascas montava a cavalo, entrava na Banda Oriental e arrebanhava uma ponta grande de eguariços; abanava o poncho e vinha a meia rédea; apartava-se a potrada e largava-se o resto; os de lá faziam conosco a mesma cousa; depois era com gados, que se tocava a trote e galope, abandonando os assoleados.

Isto se fazia por despique dos espanhóis e eles se pagavam desquitando-se do mesmo jeito.

Só se cuidava de negacear as guardas do Cerro Largo, em Santa Tecla, do Haedo... O mais, era várzea!

Depois veio a Guerra das Missões; o governo começou a dar sesmarias e uns quantíssimos pesados foram-se arranchando por essas campanhas desertas. E cada um tinha que ser um rei pequeno... e aguentar-se com as balas, as lunares e os chifarotes que tinha em casa!...

Foi o tempo do manda-quem-pode!... E foi o tempo que o gaúcho, o seu cavalo e o seu facão, sozinhos, conquistaram e defenderam estes pagos!...

Quem governava aqui o continente era um chefe que se chamava o capitão-general; ele dava as sesmarias mas não garantia o pelego dos sesmeiros...

Vancê tome tenência e vá vendo como as cousas, por si mesmas, se explicam.

Naquela era, a pólvora era do el-rei nosso senhor e só por sua licença é que algum particular graúdo podia ter em casa um polvarim...

Também só na vila de Porto Alegre é que havia baralhos de jogar, que eram feitos só na fábrica do rei nosso senhor, e havia fiscal, sim senhor, das cartas de jogar, e ninguém podia comprar senão dessas!

Por esses tempos antigos também o tal rei nosso senhor mandou botar pra fora os ourives da vila do Rio Grande e acabar com os lavrantes e prendistas dos outros lugares desta terra, só pra dar flux aos reinóis...

Agora imagine vancê se a gente lá de dentro podia andar com tantas etiquetas e pedindo louvado pra se defender, pra se divertir e pra luxar!... O tal rei nosso senhor, não se enxergava, mesmo!...

E logo com quem!... Com a gauchada!...

Vai então, os estancieiros iam em pessoa ou mandavam ao outro lado, nos espanhóis, buscar pólvora e balas, pras pederneiras, cartas de jogo e prendas de ouro pras mulheres e preparos de prata pros arreios...; e ninguém pagava dízimos dessas cousas.

Às vezes lá voava pelos ares um cargueiro, com cangalhas e tudo, numa explosão da pólvora; doutras uma partida de milicianos saía de atravessado e tomava conta de tudo, a couce d'arma: isto foi ensinando a escaramuçar com os golas de couro.

Nesse serviço foram-se aficionando alguns gaúchos: recebiam as encomendas e, pra aproveitar a monção e não ir com os cargueiros debalde, levavam baeta, que vinha do reino, e fumo em corda, que vinha da Baía, e algum porrão de canha. E faziam trocas, de elas por elas, quase.

Os paisanos das duas terras brigavam, mas os mercadores sempre se entendiam...

Isto veio mais ou menos assim até a Guerra dos Farrapos; depois vieram as califórnias do Chico Pedro; depois a Guerra do Rosas.

Aí inundou-se a fronteira da província dos espanhóis e gringos emigrados.

A cousa então mudou de figura. A estrangeirada era mitrada, na regra, e foi quem ensinou a gente de cá a mergulhar e ficar de cabeça enxuta...; entrou nos homens a sedução de ganhar barato: bastava ser campeiro e destorcido. Depois, andava-se empandilhado, bem armado; podia-se às vezes dar um vareio nos milicos, ajustar contas com algum devedor de desaforos, aporrear algum subdelegado abelhudo...

Não se lidava com papéis nem contas de cousas: era só levantar os volumes, encangalhar, tocar e entregar!...

Quanta gauchagem leviana aparecia, encostava-se.

Rompeu a Guerra do Paraguai.

O dinheiro do Brasil ficou muito caro: uma onça de ouro, que corria por trinta e dois, chegou a valer quarenta e seis mil-réis!... Imagine o que a estrangeirada bolou nas contas!...

Começou-se a cargueirear de um tudo: panos, águas de cheiro, armas, minigâncias, remédios, o diabo a quatro!... Era só pedir por boca!

Apareceram também os mascates de campanha, com baús encangalhados e canastras, que passavam pra lá vazios e voltavam cheios, desovar aqui...

Polícia pouca, fronteira aberta, direitos de levar couro e cabelo e nas coletarias umas papeladas cheias de benzeduras e rabioscas...

Ora... ora!... Passar bem, paisano!... A semente grelou e está a árvore ramalhuda, que vancê sabe, do contrabando de hoje.

O Jango Jorge foi maioral nesses estropícios. Desde moço. Até a hora da morte. Eu vi.

Como disse, na madrugada véspera do casamento o Jango Jorge saiu para ir buscar o enxoval da filha.

Passou o dia; passou a noite.

No outro dia, que era o do casamento, até de tarde, nada.

Havia na casa uma gentama convidada; da vila, vizinhos, os padrinhos, autoridades, moçada. Havia de se dançar três dias!... Corria o amargo e copinhos de licor de butiá.

Roncavam cordeonas no fogão, violas na ramada, uma caixa de música na sala.

Quase ao entrar do sol a mesa estava posta, vergando ao peso dos pratos enfeitados.

A dona da casa, por certo traquejada nessas bolandinas do marido, estava sossegada, ao menos ao parecer.

Às vezes mandava um dos filhos ver se o pai aparecia, na volta da estrada, encoberta por uma restinga fechada de arvoredo.

Surdiu dum quarto o noivo, todo no trinque, de colarinho duro e casaco de rabo. Houve caçoadas, ditérios, elogios.

Só faltava a noiva; mas essa não podia aparecer, por falta do seu vestido branco, dos seus sapatos brancos, do seu véu branco, das suas flores de laranjeira, que o pai fora buscar e ainda não trouxera.

As moças riam-se; as senhoras velhas cochichavam.

Entardeceu.

Nisto correu voz que a noiva estava chorando: fizemos uma algazarra e ela – tão boazinha! – veio à porta do quarto, bem penteada, ainda num vestidinho de chita de andar em casa, e pôs-se a rir pra nós, pra mostrar que estava contente.

A rir, sim, rindo na boca, mas também a chorar lágrimas grandes, que rolavam devagar dos olhos pestanudos...

E rindo e chorando estava, sem saber porquê... sem saber porquê, rindo e chorando, quando alguém gritou do terreiro:

– Aí vem o Jango Jorge, com mais gente!...

Foi um vozerio geral; a moça porém ficou, como estava, no quadro da porta, rindo e chorando, cada vez menos sem saber porquê... pois o pai estava chegando e o seu vestido branco, o seu véu, as suas flores de noiva...

Era já fusco-fusco. Pegaram a acender as luzes.

E nesse mesmo tempo parava no terreiro a comitiva; mas num silêncio, tudo.

E o mesmo silêncio foi fechando todas as bocas e abrindo todos os olhos.

Então vimos os da comitiva descerem de um cavalo o corpo entregue de um homem, ainda de pala enfiado...

Ninguém perguntou nada, ninguém informou de nada; todos entenderam tudo...; que a festa estava acabada e a tristeza começada...

Levou-se o corpo pra sala da mesa, para o sofá enfeitado, que ia ser o trono dos noivos. Então um dos chegados disse:

– A guarda nos deu em cima... tomou os cargueiros... E mataram o capitão, porque ele avançou sozinho pra mula ponteira e suspendeu um pacote que vinha solto... e ainda o amarrou no corpo... Aí foi que o crivaram de balas... parado... Os ordinários!... Tivemos que brigar, pra tomar o corpo!

A sia-dona mãe da noiva levantou o balandrau do Jango Jorge e desamarrou o embrulho; e abriu-o.

Era o vestido branco da filha, os sapatos brancos, o véu branco, as flores de laranjeira...

Tudo numa plastada de sangue... tudo manchado de vermelho, toda a alvura daquelas cousas bonitas como que bordada de colorado, num padrão esquisito, de feitios estrambólicos... como flores de cardo solferim esmagadas a casco de bagual!...

Então rompeu o choro na casa toda.

JOGO DO OSSO[9]

— Pois olhe: eu já vi jogar-se uma mulher num tiro de taba. Foi uma parada que custou vida... mas foi jogada!

Um pouco pra fora da Vila, na volta da estrada, metida na sombra dumas figueiras velhas ficava a vendola do Arranhão; era um bochinche mui arrebentado, e o dono era um sujeito alarifaço, cá pra mim, desertor, meio espanhol meio gringo, mas mui jeitoso para qualquer arreglo que cheirasse *a plata*...

Mui destravado da língua e ao mesmo tempo rezador, sempre se santiguando e olhando por baixo, como porco, tudo pra ele era negócio: comprava roubos, trocava cousas, emprestava pra jogo, com usura, e sempre se atrapalhava para menos, no troco dos pagamentos.

Às vezes armava umas carreiritas, que se corriam numa cancha dumas três quadras que ele mesmo tinha arranjado a um lado do potreiro; então conchavava algum gringo tocador de realejo e estava preparado o

---

9 A fonte do conto "Jogo do osso" foi estabelecida por Aurélio Buarque de Holanda na sua edição crítica dos *Contos gauchescos e lendas do Sul* (cf. nota 1). Trata-se de um texto de ARAÚJO FILHO, Luís, *Recordações gaúchas*. Pelotas: Livraria Universal, 1905, transcrito pelo próprio Aurélio Buarque de Holanda.

divertimento. O que ele queria era gente, peonada, andantes, vagabundos, carreteiros, para poder vender canha e comida e doces; e de noite facilitava umas mesas de primeira, de truco ou de sete em porta para tirar o cafife. Doutras ocasiões ajeitava umas dançarolas que alvorotavam o chinaredo da vizinhança.

Por este pano de amostra vancê vê o que seria aquele gavião.

Duma vez que ele tinha trançado umas carreiras, com duas ou três pencas de patacão, e se havia ajuntado algum povo, tudo gauchada leviana, choveu.

A chuvarada estragou a cancha, molhou as carpetas, atrapalhou tudo.

E a gente foi ganhando na venda, apinhoscou-se por debaixo das figueiras e no galpão.

Quando passou o aguaceiro e oriou o terreiro, deram alguns aficionados para jogar o osso.

Vancê sabe como é que se joga o osso?

Ansim:

Escolhe-se um chão parelho, nem duro, que faz saltar, nem mole, que acama, nem areento, que enterra o osso.

É sobre o firme macio, que convém. A cancha com uma braça de largura, chega, e três de comprimento; no meio bota-se uma raia de piola, amarrada em duas estaquinhas ou mesmo um risco no chão, serve; de cada cabeça da cancha é que o jogador atira, sobre a raia do centro: este atira daqui pra lá, o outro atira de lá pra cá.

O osso é a taba, que é o osso do garrão da rês vacum. O jogo é só de *culo* ou *suerte*.

Culo é quando a taba cai com o lado arredondado pra baixo: quem atira assim perde logo a parada. Suerte é quando o lado chato fica embaixo: ganha logo e sempre.

Quer dizer: quem atira culo perde, se é suerte ganha e logo arrasta a parada.

Ao lado da raia do meio fica o *coimeiro*, que é o sujeito depositário da parada e que a entrega logo ao ganhador. O coimeiro também é que tira o barato – para o pulpeiro. Quase sempre é algum aldragante velho e sem-vergonha, dizedor de graças.

É um jogo brabo, pois não é?

Pois há gente que se amarra o dia inteiro nessa cachaça, e parada a parada envida tudo: os bolivianos, os arreios, o cavalo, o poncho, as esporas. O facão nem a pistola, isso, sim, nenhum aficionado joga; os fala-verdade é que têm de garantir a retirada do perdedor sem debocheira dos ganhadores... e, cuidado... muito cuidado com o gaúcho que saiu da cancha do osso de marca quente!...

Pois dessa feita se acolheraram a jogar a taba o Osoro e o Chico Ruivo.

O Osoro era um moreno mui milongueiro, compositor de parelheiros e meio aruá; andava sempre metido pelos ranchos contando histórias às mulheres e tomando mate de parceria com elas.

O Chico era domador e morava de agregado num rincão da estância das Palmas; e vivia com uma piguancha bem jeitosa, chamada Lalica.

Nesse dia tinha vindo com ela ao festo do Arranhão.

Enquanto os dois jogavam, a morocha andava lá por dentro, com as outras, saracoteando.

Havia violas; havia tocadores; a farra ia indo quente.

E os dois, jogando. O Chico perdia uma em cima da outra.

– Culo! Outra vez?... Má raios!...
– Suerte, chê! Ganhei! – repetia o Osoro.
– Jogo-te o tostado, aperado, valeu?

— Topo!
— E culo!... Isto é mau-olhado dalgum roncolho mirone!...

E relanceou os olhos pelos vedores, esperando que algum comprasse a camorra; ninguém se picou.

— Jogo o teu ruano contra as duas tambeiras da Lalica!

— É pouco, Chico!... Ainda se fosse a dona!...

— Osoro, não brinca!... Pois olha; jogo!

— O ruano?

— O ruano contra a Lalica! Assim como assim, esta china já está me enfarando!...

— Pois topo!

Os mirones se entreolharam, boquejando, alguns; eles bem viam que o gaúcho estava sem liga, que já tinha perdido tudo, o dinheiro, o cavalo, as botas, um rebenque com argolão de prata; e agora, o outro, o Osoro, para completar o carcheio, ainda tinha topado a última parada, que era a china...

A cousa ia ser tirana; correu logo voz; em roda dos dois amontoou-se a gente.

O Osoro atirou, e deu suerte...

O Ruivo atirou, e deu suerte...

— Ora, não deu gosto! disse um.

— Outra mão! disse o outro.

E o Ruivo atirou: culo!

O Osoro atirou: suerte!

— Ganhei, aparceiro!

— Pois toma conta, *ermão!*

— Tu é que tens de fazer a entrega...

— Não tem veremos... Trato é trato!...

Já ia querendo anoitecer.

O que se passou entre aquelas três criaturas, não sei; se juntaram num canto do balcão da venda e falaram. Por certo que o Chico Ruivo disse à china que a jogara numa parada de taba; o Osoro só disse uma vez:

– Eu, se perdesse o ruano, o Chico já ia daqui montado nele...

A Lalica deu uma risadinha amarela; olhou o Osoro, olhou o Chico Ruivo, cuspiu de nojo e disse pra este, na cara:

– Sempre és muito baixo!..., guampudo, por gosto!...
– Olha, guincha, que te grudo as chilenas!...
– Ixe! Este, agora, é que me encilha, retalhado!...

Nisto um violeiro pegou a rufar uma dança chorada; umas parelhas pegaram a se menear no compasso da música e logo o Osoro, para cortar aquele aperto, travou do pulso da morocha, passou-lhe o braço na cinta e quase levando-a no ar entrou na roda dos dançadores; o Ruivo ficou quieto, mas de goela seca e nos olhos com uma luz diferente.

Na primeira volta, quando o par passou por ele, a china ia dizendo mui derretida:

– Quando quiseres, meu negro...

Na segunda volta, como num despique, ela tornou a boquejar pro Osoro:

– Eu vou na tua garupa...

E na outra, a china vinha calada, mas com a cabeça deitada no peito do par, olhando terneira pra ele, com uma luz de riso, os beiços encolhidos, como armando uma promessa de boquinha; e o Osoro se esqueceu do mundo... e colou na boca da tentação um beijo gordo, demorado, cheio de desaforo...

O Chico Ruivo teve um estremeção e deu um urro entupido, arrancou do facão e atirou o braço pra diante, numa cegueira de raiva, que só enxerga bem o que quer matar...

E vai, como pegou o Osoro pela esquerda, do lado, meio por detrás, por debaixo da paleta, o facão saiu no rumo certo e foi bandear a Lalica meio de lado, sobre a esquerda da frente.

Vancê compr'ende? Do mesmo talho varou os dois corações, espetou-os no mesmo ferro, matou-os da mesma morte, fazendo os dois sangues, num de cada peito, correrem juntos num só derrame... que foi lastrando pelo chão duro, de cupim socado, lastrando... até os dois corpos baterem na parede, sempre abraçados, talvez mais abraçados, e depois tombarem por cima do balcão, onde estava encostado o tocador, que parou um rasgado bonito e ficou olhando fixe para aquela parelha de dançarinos morrentes e farristas ainda!...

Levantou-se uma berraçada.

— Matou! Foi o Chico Ruivo!... Amarra! Cerca!...

Mas o Ruivo parece que voltou a si; coriscou o facão aos dois lados e atropelou a porta, ganhou o terreiro e se foi ao palanque onde estava o ruano do Osoro: montou e gritou pra os que ficavam:

— Siga o baile!...

E deu de rédea, no escuro da noite.

O Arranhão acudiu ao berzabum; aquele safado, curtido na ciganagem, só soube dizer:

— Pois é... Jogaram o osso, armaram a sua parranda... mas nenhum pagou nada ao coimeiro!... Que trastes!...

DUELO DE FARRAPOS[10]

Já um ror de vezes tenho dito – e provo – que fui ordenança do meu general Bento Gonçalves.

Este caso que vou contar pegou o começo no fim de 1842, no Alegrete, e foi acabar num 27 de fevereiro, daí dois anos, nas pontas do Sarandi, pras bandas e já pertinho de Santana.

Foi assim. Tenho que contar pelo miúdo, pra se entender bem. Em agosto de 1842, o general, que era o presidente da República Rio-Grandense – vancê desculpe... estou velho, mas *inté* hoje, quando falo na República dos Farrapos, tiro o meu chapéu!... – o general fez um papel, que chamavam-lhe – decreto – mandando ordens pr'uma eleição grande, para deputados; estes tais é que iam combinar as leis novas e cuidar de outras cousas que andavam meio à matroca, por causa da guerra.

Em setembro houve a eleição; em outubro já se sabia quem eram os macotas votados, que eram quase todos os torenas que andavam na coxilha. O jornal do governo deu uma relação deles e dos votos que tiveram, que eu sabia, mas já esqueci.

---
10 Cf. notas 5 e 6.

Por sinal que esse jornal chamava-se *Americano* e tinha na frente um versinho que saía sempre escrito e publicado e que era assim, se bem me lembro:

> Pela Pátria viver, morrer por ela;
> Guerra fazer ao despotismo insano;
> A virtude seguir, calcar o vício:
> Eis o dever de um livre Americano.

Em novembro, os deputados, que eram trinta e seis, mas que só se apresentaram vinte e dois, juntaram-se em assembleia; em dezembro, logo no dia um, foi então a cerimônia principal.

O general foi em pessoa, como presidente, com a ministrada, os comandantes de corpos e outros topetudos, e aí fez uma – Fala – muito sisuda e compassada, que todos escuitaram quietos, só sacudindo a cabeça, como quem dizia que era mesmo como o general estava lendo no escrito.

Uê!... e que pensa vancê?... Estava tudo na estica, sim senhor: fardas novas, bainhas de espada, alumiando; redingotes verdes ou azuis com botões amarelos, padres com as suas batinas saidinhas; um estadão! E famílias, muita moçada fachuda, povaréu, e até uma música. Eu e o outro ordenança, os dois, mui anchos, de gandola colorada.

Por esse entrementes, no Estado Oriental, andava gangolina grossa entre Oribe e Rivera, que eram os dois que queriam o penacho de manda-tudo. Volta e meia as partidas deles se pechavam e sempre havia entrevero.

Ah! se vancê visse a indiada daquele tempo... cada gadelhudo... Ah! bom!...

Mas, como *quera*, onde se encontrasse, a nossa gente entropilhava-se bem com a deles. E mesmo era ordem dos sup'riores.

Quando íamos mal da vida, já pelas caronas, nos bandeávamos para o outro lado da linha; lá se churrasqueava, fazia-se uma volteada de potrada e voltávamos à carga, folheiritos no mais!

O barão Caxias, que era o maioral dos caramurus, mordia-se com estas gauchadas.

Mas tanto Oribe como Rivera nos codilhavam quando podiam, porquanto faziam também suas fosquinhas aos legais... apertavam o laço pra nós, mas afrouxavam a ilhapa pra eles...

Vancê entende?... Pau de dois bicos!...

– Mas, vá vancê escuitando.

Rabo de saia é sempre precipício pros homens...

Não vá vancê cuidar que no caso andou mulher botando fungu no coração de ninguém, não, senhor; a cousa foi muito outra, de alarifage...

Naquele novembro de 1842, quando os deputados foram-se ajuntando, de um a um, vindos de todos os rumos da província da República e havia na vila do Alegrete movimento de comitivas e piquetes, um dia, já à boquinha da noite, chegou uma carreta de campanha, mui bem toldada, com boiada gorda, e escoltada por um acompanhamento grande, de gente bem montada e armada.

Chegou o combói e parou em meio da praça; e logo o que vinha de vaqueano cortou-se e foi apresentar o passe e outros papéis; e foi dizendo que a pessoa que vinha na carreta era uma senhora-dona viúva, que trazia ofício pra o governo e que era sobre uns gados que haviam sido arrebanhados e cavalhadas, e prejuízos e tal, e mais uma conversa por este teor e com mais voltas que um laço grande enrodilhado...

Foi isso que correu logo no *redepente* da curiosidade.

Papéis foram que a tal dona trazia, que logo o general mandou chamar os deputados e os ministros e depois se trancaram todos numa sala grande; e depois despachou um capitão para ir buscar a figurona.

E ela veio; e mal que chegou o general veio à porta, fez um rapapé rasgado e foi com ela pra tal sala onde estavam os outros.

Se era linda a beldade!... Sim, senhor, dum gaúcho de gosto alçar na garupa e depois jurar que era Deus na terra!...

E destorcida, e bem-falante; e olhava pra gente, como o sol olha pra água: atravessando!

Dentro da sala, fechada, ia um vozerio dos homens; depois serenava; parece que eles estavam mussitando; e a voz da dona repenicava, hablando um castelhano de mi flor!

Lá pelas tantas levantaram o ajuntamento; o mesmo capitão foi levar a dona. E de manhã, nem carreta, nem boiada, nem comitiva apareceram mais.

Depois é que vim ao conhecimento que aquela figurona tinha vindo de emissária.

Rivera era mais valente; Oribe era mais sorro: mas, os dois, matreiraços!...

Agora, qual dos dois, pra disfarçar dos caramurus o chasque, mandou, em vez dum homem, aquela viva-racha, qual dos dois foi, não pude sondar.

Era assunto encapotado...

Depois desse dia começou a haver um zum-zum mui manhoso contra o general.

Não sei se era inveja, ou intrigas ou queixas ou ganas que alguns lhe tinham. As cousas foram-se parando embrulhadas na tal assembleia e uma feita, não sei por que chicos pleitos, o general e o coronel Onofre Pires tiveram um desaguisado; o general deu as costas, num pouco caso e o coronel saiu, num rompante, batendo forte os saltos dos botins.

Em 1843 houve outra arrancada braba, foi quando mataram um Paulino Fontoura, que era um pesado. Houve outro bate-barbas entre o general e o coronel Onofre, que era mui esquentado e cosquilhoso.

Mas logo os chefes todos se desparramaram, porque o barão Caxias andava na estrada, levantando polvadeira.

E brigou-se!

Em São Gabriel, na Vacaria, em Ponche Verde, no Rincão do Touros. O governo tinha saído do Alegrete e estava outra vez em Piratinim; aí por perto peleou-se, e no Arroio Grande, em Jaguarão, nas Missões, sobre o Quaraim, em Canguçu, em Pai Passo.

Que ano que bebeu sangue, esse!

E quando o exército se amontoou todo, pra lá do Ibicuí e depois foi estendendo marcha, houve um conselho grande de oficiais; e aí se falou outra vez na emissária, a fulana, aquela da carreta, no Alegrete. Aí, então, os dois galões-largos se contrapontearam outra vez.

A gente como eu é bicho bruto e os graúdos não dão confiança de explicar as cousas, por isso é que eu não sei muitas delas: tenência não me faltava; mas como é que eu ia saber as de adentro dos segredos?...

Já sobre o Garupá – vancê não conhece? são os campos mais bonitos do mundo! – aí os homens se cartearam.

Então já era o ano 1844.

O coronel escreveu barbaridades; o general respondeu com aquele jeito dele, sisudo.

E quando foi no dia 27 de fevereiro o general me chamou e mandou que eu fosse levando pela rédea, para a restinga, os dois cavalos que estavam atados debaixo dum espinilho; era um picaço grande e um colorado.

Fui andando; lá longe ia descendo um vulto, atrás de mim vinha outro.

E devagarinho, como quem vai mui descansado da sua vida, os dois.

Ah! esqueci de dizer a vancê que atravessada debaixo da sobrecincha de cada flete, vinha uma espada.

Reparando, vi que as duas eram iguais, de copo fechado e folha grande, das espadas de roca, que só mesmo pulso de homem podia florear.

E quando parei e os dois vultos se chegaram, conheci que eram o meu general, e o coronel Onofre.

E desarmados, chê!...

Mas como chegaram, cada um despiu a farda, que botou em cima dos pelegos, e desembainhou a espada que vinha.

O colorado era do coronel; o picaço, do general.

Então o general deu ordem:

– Espera aí, com os cavalos!

E o coronel também:

– Bombeia; se chegar alguém, assobia!

E rodearam a restinga, para o outro lado.

Então é que entendi a marosca: eles iam tirar uma tora, dessas que não se tira duas vezes entre os mesmos ferros...

Maneei os mancarrões e, com um olho no padre outro na missa, por entre as ramas da restinga, fui espiar a peleia.

Estavam já, frente a frente, de corpo quadrado.

O sol dava a meio, para os dois.

O general Bento Gonçalves era sacudido no jogo da espada preta; meneava o ferro, que chispava na luz, como uma fita de espelho; o coronel Onofre parava os botes e respondia no tempo, mas com tanta força que a espada assobiava no coriscar.

Nisto o general pulou pra trás, fincou a espada no chão e pegou a tirar o tacão da bota, que se despregara.

O coronel encruzou os braços e a espada dele ficou dependurada da mão, como dum prego.

Pra um que quisesse aproveitar... Mas qual... aqueles não eram gente disso, não!

E cruzaram, de novo. Em cima da minha cabeça um sabiá pegou a cantar... e era tão desconchavado aquele canto que chorava no coração da gente, com aqueles talhos que cortavam o ar, que eu, que já tinha lanhado muito cristão caramuru, eu mesmo, fiquei, sem saber como, com os olhos nos peleadores, os ouvidos no sabiá, mas o pensamento andejando... nos pagos, no meu padrinho, no Jesu-Cristo do oratório da minha mãe...

Os ferros iam tinindo. E nisto, o coronel deu um — ah! — furioso, caiu-lhe da mão a espada... e a sangueira coloreou pelo braço abaixo, desarmado, entregue!...

Pra um que quisesse aproveitar... Mas qual! aqueles não eram gente disso, não!

O general tornou a cravar a espada na terra e veio ao ferido com bom jeito.

Pegou o braço, viu o ferimento; e com um lenço grande que levantou do chão, do lado do chapéu, atilhou o talho, para estancar o sangue.

O outro, calado, nem gemia.

Depois o general tornou a pegar da espada, fez uma inclinação de cabeça ao coronel e caminhou pra cá...

Foi o quanto eu me atirei pra trás e me acoc'crei perto dos cavalos.

Vestiu a farda, ambainhou a espada e montou. Então me disse:

— Agora vem gente, que eu vou mandar. Não te movas daí, antes...

E deu de rédea, a galopito, para o acampamento.

E no silêncio que ficou, só ficou balançando no ar o canto do sabiá, na restinga: do outro lado, o sangue do coronel, pingando nos capins; deste lado, eu, sabendo, mas não podendo me intrometer...

– Agora veja vancê se não foi mesmo o fungu daquela tal dona – emissária dum dos dois sorros castelhanos – que veio transtornar tanta amizade dos farrapos?...

Ela só não pôde foi mudar o preceito de honra deles: brigavam, de morte, mas como guascas de lei: leais, sempre!

Pois não viu, naquelas duas vezes?... Pra um que quisesse aproveitar...

E creia vancê, que lhe rezei este rosário sem falha duma conta, apesar de já sentir a memória mais esburacada que poncho de calavera... Pois faz tanto ano!...

LENDAS DO SUL[11]
1913

---

11 Observe-se que é Blau, personagem-narrador de *Contos gauchescos*, que nos transmite algumas das lendas que circulavam no Rio Grande do Sul e que foram reelaboradas por João Simões Lopes Neto. Essa maneira de proceder evidentemente não é inocente. Aliás, é ainda Blau que nos conta a lenda de "O Negrinho do Pastoreio", que integra este volume.

O NEGRINHO DO PASTOREIO[12]

Naquele tempo os campos ainda eram abertos, não havia entre eles nem divisas nem cercas, somente nas volteadas se apanhava a gadaria xucra e os veados e as avestruzes corriam sem empecilhos...

Era uma vez um estancieiro, que tinha uma ponta de surrões cheios de onças e meias doblas e mais muita prataria; porém era muito cauila e muito mau, muito.

Não dava pousada a ninguém, não emprestava um cavalo a um andante; no inverno o fogo da sua casa não fazia brasas; as geadas e o minuano podiam estanguir gente, que a sua porta não se abria; no verão a sombra dos seus umbus só abrigava os cachorros; e ninguém de fora bebia água das suas cacimbas.

Mas também quando tinha serviço na estância, ninguém vinha de vontade dar-lhe um ajutório; e a campeirada folheira não gostava de conchavar-se com

---

12 Segundo Augusto Meyer, o quadro cronológico das transcrições da lenda "O Negrinho do Pastoreio" "cabe por agora nos seguintes limites: 1875: versão de Apolinário Porto Alegre em novela; 1890, versão de Javier Freyre no almanaque da Casa Peuser; 1897, primeira versão de Alfredo Varela; 1906, versão de Simões Lopes Neto no Correio Mercantil; 1912, versão de Cezimbra Jacques em Assuntos do Rio Grande do Sul; 1933, segunda versão de Alfredo Varela" (*Prosa dos pagos*: 1941-1959, Rio de Janeiro: São José, 1960, p. 109).

ele, porque o homem só dava para comer um churrasco de tourito magro, farinha grossa e erva-caúna e nem um naco de fumo... e tudo, debaixo de tanta somiticaria e choradeira, que parecia que era o seu próprio couro que ele estava lonqueando...

Só para três viventes ele olhava nos olhos: era para o filho, menino cargoso como uma mosca, para um baio cabos-negros, que era o seu parelheiro de confiança, e para um escravo, pequeno ainda, muito bonitinho e preto como carvão e a quem todos chamavam somente o Negrinho.

A este não deram padrinhos nem nome; por isso o Negrinho se dizia afilhado da Virgem, Senhora Nossa, que é a madrinha de quem não a tem.

Todas as madrugadas o Negrinho galopeava o parelheiro baio; depois conduzia os avios do chimarrão e à tarde sofria os maus-tratos do menino, que o judiava e se ria.

Um dia, depois de muitas negaças, o estancieiro atou carreira com um seu vizinho. Este queria que a parada fosse para os pobres; o outro que não, que não! que a parada devia ser do dono do cavalo que ganhasse. E trataram: o tiro era trinta quadras, a parada, mil onças de ouro.

No dia aprazado, na cancha da carreira havia gente como em festa de santo grande.

Entre os dois parelheiros a gauchada não sabia se decidir, tão perfeito era e bem lançado cada um dos animais. Do baio era fama que quando corria, corria tanto que o vento assobiava-lhe nas crinas; tanto que só se ouvia o barulho, mas não se lhe viam as patas baterem no chão... E do mouro era voz que quanto mais cancha, mais aguente, e que desde a largada ele ia ser como um laço que se arrebenta...

As parcerias abriram as guaiacas, e aí no mais já se apostavam aperos contra rebanhos e redomões contra lenços.

– Pelo baio! Luz e doble!...

– Pelo mouro! Doble e luz!...

Os corredores fizeram as suas partidas à vontade e depois as obrigadas; e quando foi na última, fizeram ambos a sua senha e se convidaram. E amagando o corpo, de rebenque no ar, largaram, os parelheiros meneando cascos, que parecia uma tormenta...

– Empate! Empate! gritavam os aficionados ao longo da cancha por onde passava a parelha veloz, compassada como numa colhera.

– Valha-me a Virgem madrinha, Nossa Senhora! gemia o Negrinho. Se o sete léguas perde, o meu senhor me mata! Hip! hip! hip!...

E baixava o rebenque, cobrindo a marca do baio.

– Se o corta-vento ganhar é só para os pobres!... retrucava o outro corredor. Hip! hip!

E cerrava as esporas no mouro.

Mas os fletes corriam, compassados como numa colhera. Quando foi na última quadra, o mouro vinha arrematado e o baio vinha aos tirões... mas sempre juntos, sempre emparelhados.

E a duas braças da raia, quase em cima do laço, o baio assentou de supetão, pôs-se em pé e fez uma cara-volta, de modo que deu ao mouro tempo mais que preciso para passar, ganhando de luz aberta! E o Negrinho, de em pelo, agarrou-se como um ginetaço.

– Foi mau jogo! gritava o estancieiro.

– Mau jogo! secundavam os outros da sua parceria.

A gauchada estava dividida no julgamento da carreira; mais de um torena coçou o punho da adaga, mais de um desapresilhou a pistola, mais de um virou as esporas para o peito do pé... Mas o juiz, que era um velho do tempo da guerra de Sepé Tiarajú, era um juiz macanudo, que já tinha visto muito mundo. Abanando a cabeça branca sentenciou, para todos ouvirem:

– Foi na lei! A carreira é de parada morta; perdeu o cavalo baio, ganhou o cavalo mouro. Quem perdeu, que pague. Eu perdi cem gateadas; quem as ganhou venha buscá-las. Foi na lei!

Não havia o que alegar. Despeitado e furioso, o estancieiro pagou a parada à vista de todos, atirando as mil onças de ouro sobre o poncho do seu contrário, estendido no chão.

E foi um alegrão por aqueles pagos, porque logo o ganhador mandou distribuir tambeiros e leiteiras, côvados de baeta e baguais e deu o resto, de mota, ao pobrerio. Depois as carreiras seguiram com os changueiritos que havia.

O estancieiro retirou-se para a sua casa e veio pensando, pensando, calado, em todo o caminho. A cara dele vinha lisa, mas o coração vinha corcoveando como touro de banhado laçado a meia espalda... O trompaço das mil onças tinha-lhe arrebentado a alma.

E conforme apeou-se, da mesma vereda mandou amarrar o Negrinho pelos pulsos a um palanque e dar-lhe, dar-lhe uma surra de relho.

Na madrugada saiu com ele e quando chegou no alto da coxilha falou assim:

– Trinta quadras tinha a cancha da carreira que tu perdeste: trinta dias ficarás aqui pastoreando a minha tropilha de trinta tordilhos negros... O baio fica de piquete na soga e tu ficarás de estaca!

O Negrinho começou a chorar, enquanto os cavalos iam pastando.

Veio o sol, veio o vento, veio a chuva, veio a noite. O Negrinho, varado de fome e já sem força nas mãos, enleou a soga num pulso e deitou-se encostado a um cupim.

Vieram então as corujas e fizeram roda, voando, paradas no ar, e todas olhavam-no com os olhos reluzentes, amarelos na escuridão. E uma piou e todas piaram, como rindo-se dele, paradas no ar, sem barulho nas asas.

O Negrinho tremia, de medo... porém de repente pensou na sua madrinha Nossa Senhora e sossegou e dormiu.

E dormiu. Era já tarde da noite, iam passando as estrelas; o Cruzeiro apareceu, subiu e passou; passaram as Três-Marias; a estrela-d'alva subiu... Então vieram os guaraxains ladrões e farejaram o Negrinho e cortaram a guasca da soga. O baio sentindo-se solto rufou a galope, e toda a tropilha com ele, escaramuçando no escuro e desguaritando-se nas canhadas.

O tropel acordou o Negrinho; os guaraxains fugiram, dando berros de escárnio.

Os galos estavam cantando, mas nem o céu nem as barras do dia se enxergava: era a cerração que tapava tudo.

E assim o Negrinho perdeu o pastoreio. E chorou.

O menino maleva foi lá e veio dizer ao pai que os cavalos não estavam. O estancieiro mandou outra vez amarrar o Negrinho pelos pulsos a um palanque e dar-lhe, dar-lhe uma surra de relho.

E quando era já noite fechada ordenou-lhe que fosse campear o perdido. Rengueando, chorando e gemendo, o Negrinho pensou na sua Madrinha Nossa Senhora e foi ao oratório da casa, tomou o coto de vela aceso em frente da imagem e saiu para o campo.

Por coxilhas e canhadas, na beira dos lagoões, nos paradeiros e nas restingas, por onde o Negrinho ia passando, a vela benta ia pingando cera no chão: e de cada pingo nascia uma nova luz, e já eram tantas que clareavam tudo. O gado ficou deitado, os touros não escarvaram a terra e as manadas xucras não dispararam... Quando os galos estavam cantando, como na véspera, os cavalos relincharam todos juntos. O Negrinho montou no baio e tocou por diante a tropilha, até a coxilha que o seu senhor lhe marcara.

E assim o Negrinho achou o pastoreio. E se riu...

Gemendo, gemendo, o Negrinho deitou-se encostado ao cupim e no mesmo instante apagaram-se as luzes todas; e sonhando com a Virgem, sua madrinha, o Negrinho dormiu. E não apareceram nem as corujas agoureiras nem os guaraxains ladrões; porém pior do que os bichos maus, ao clarear o dia veio o menino, filho do estancieiro e enxotou os cavalos, que se dispersaram, disparando campo fora, retouçando e desguaritando-se nas canhadas.

O tropel acordou o Negrinho e o menino maleva foi dizer ao seu pai que os cavalos não estavam lá...

E assim o Negrinho perdeu o pastoreio. E chorou...

O estancieiro mandou outra vez amarrar o Negrinho pelos pulsos, a um palanque e dar-lhe, dar-lhe uma surra de relho... dar-lhe até ele não mais chorar nem bulir, com as carnes recortadas, o sangue vivo escorrendo do corpo... O Negrinho chamou pela Virgem sua madrinha e Senhora Nossa, deu um suspiro triste, que chorou no ar como uma música, e pareceu que morreu...

E como já era de noite e para não gastar a enxada em fazer uma cova, o estancieiro mandou atirar o corpo do Negrinho na panela de um formigueiro, que era para as formigas devorarem-lhe a carne e o sangue e os ossos... E assanhou bem as formigas; e quando elas, raivosas, cobriram todo o corpo do Negrinho e começaram a trincá-lo, é que então ele se foi embora, sem olhar para trás.

Nessa noite o estancieiro sonhou que ele era ele mesmo, mil vezes e que tinha mil filhos e mil negrinhos, mil cavalos baios e mil vezes mil onças de ouro... e que tudo isso cabia folgado dentro de um formigueiro pequeno...

Caiu a serenada silenciosa e molhou os pastos, as asas dos pássaros e a casca das frutas.

Passou a noite de Deus e veio a manhã e o sol encoberto.

E três dias houve cerração forte, e três noites o estancieiro teve o mesmo sonho.

A peonada bateu o campo, porém ninguém achou a tropilha e nem rastro.

Então o senhor foi ao formigueiro, para ver o que restava do corpo do escravo.

Qual não foi o seu grande espanto, quando chegado perto, viu na boca do formigueiro o Negrinho de pé, com a pele lisa, perfeita, sacudindo de si as formigas que o cobriam ainda!... O Negrinho, de pé, e ali ao lado, o cavalo baio e ali junto, a tropilha dos trinta tordilhos... e fazendo-lhe frente, de guarda ao mesquinho, o estancieiro viu a madrinha dos que não a têm, viu a Virgem, Nossa Senhora, tão serena, pousada na terra, mas mostrando que estava no céu... Quando tal viu, o senhor caiu de joelhos diante do escravo.

E o negrinho, sarado e risonho, pulando de em pelo e sem rédeas, no baio, chupou o beiço e tocou a tropilha a galope.

E assim o Negrinho pela última vez achou o pastoreio. E não chorou, e nem se riu.

Correu no vizindário a nova do fadário e da triste morte do Negrinho, devorado na panela do formigueiro.

Porém logo, de perto e de longe, de todos os rumos do vento, começaram a vir notícias de um caso que parecia um milagre novo...

E era, que os posteiros e os andantes, os que dormiam sob as palhas dos ranchos e os que dormiam nas camas das macegas, os chasques que cortavam por atalhos e os tropeiros que vinham pelas estradas, mascates e carreteiros, todos davam notícia – da mesma hora – de ter visto passar, como levada em pastoreio, uma tropilha de tordilhos, tocada por um Negrinho, gineteando de em pelo, em um cavalo baio!...

Então, muitos acenderam velas e rezaram o padre-nosso pela alma do judiado. Daí por diante, quando qualquer cristão perdia uma cousa, o que fosse, pela noite velha o Negrinho campeava e achava, mas só entregava a quem acendesse uma vela, cuja luz ele levava para pagar a do altar da sua madrinha, a Virgem, Nossa Senhora, que o remiu e salvou e deu-lhe uma tropilha, que ele conduz e pastoreia, sem ninguém ver.

Todos os anos, durante três dias, o Negrinho desaparece: está metido em algum formigueiro grande, fazendo visita às formigas, suas amigas; a sua tropilha esparrama-se; e um aqui, outro por lá, os seus cavalos retouçam nas manadas das estâncias. Mas ao nascer do sol do terceiro dia, o baio relincha perto do seu ginete; o Negrinho monta-o e vai fazer a sua recolhida; é quando nas estâncias acontece a disparada das cavalhadas e a gente olha, olha, e não vê ninguém, nem na ponta, nem na culatra.

Desde então e ainda hoje, conduzindo o seu pastoreio, o Negrinho, sarado e risonho, cruza os campos, corta os macegais, bandeia as restingas, desponta os banhados, vara os arroios, sobe as coxilhas e desce às canhadas.

O Negrinho anda sempre à procura dos objetos perdidos, pondo-os de jeito a serem achados pelos seus donos, quando estes acendem um coto de vela, cuja luz ele leva para o altar da Virgem Senhora Nossa, madrinha dos que não a têm.

Quem perder suas prendas no campo, guarde esperança: junto de algum moirão ou sob os ramos das árvores, acenda uma vela para o Negrinho do pastoreio e vá lhe dizendo – Foi por aí que eu perdi... Foi por aí que eu perdi... Foi por aí que eu perdi!...

Se ele não achar... ninguém mais.

CASOS DO ROMUALDO[13]
1952

---

13 Os textos de *Casos do Romualdo*, que se acreditava terem sido extraviados pelo escritor Artur Pinto da Rocha (1860-1930), amigo de João Simões Lopes Neto, foram redescobertos, após paciente pesquisa, por Carlos Reverbel na forma de 21 capítulos do jornal pelotense *Correio Mercantil* de 1914. Deve-se ao mesmo Carlos Reverbel a sua edição póstuma em volume.

AUTODEFINIÇÃO DE ROMUALDO[14]

É no geral sestroso e dado a pôr em dúvida o que com outrem se passa o indivíduo mal andado por este mundo de Deus.

Que pode saber do que vai – além – o homem que nunca – daqui – moveu-se, mesmo a passo de cágado?

---

14 Personagens da vida real e do mundo ficcional inspiraram concomitantemente a João Simões Lopes Neto o seu grande mentiroso. Como explica Carlos Reverbel, "é certo que Romualdo existiu em carne, osso e... patranhas [...] Romualdo de Abreu e Silva – esse o nome, no registro civil, do Münchausen crioulo – pertencia a ilustre família rio-grandense" (*Um capitão da Guarda Nacional*, p. 238-9). Mas foi em grande parte graças às aventuras do autêntico Barão de Münchausen, Karl Friedrich Hieronymus (1720-1797), que surgiu o contador de casos Romualdo. Sabemos que tais aventuras foram registradas pela primeira vez em inglês pelo escritor alemão Erich Respe (1737-1794), sendo só depois traduzidas para o alemão por Gotfried Bürger (1747-1794), respectivamente em 1785 e 1786. No Brasil, elas foram divulgadas por um dos criadores da literatura gauchesca, o alemão naturalizado Carlos Jansen (1829-1889). Foi muito provavelmente por meio desta última tradução que João Simões Lopes Neto tomou conhecimento das façanhas do célebre Barão, rival do seu Romualdo... Aliás, convém precisar que o subtítulo *Contos gauchescos* que aparece na primeira edição de *Casos do Romualdo*, se deve à iniciativa da casa-editora, conforme esclarecimento de Carlos Reverbel a Georges Boisvert, diretor do Instituto de Estudos Portugueses e Brasileiros da Universidade de Paris III.

Por isso sou mirado, eu Romualdo, por esses tais, com um olhar parado, dentro do qual as dúvidas galopam...

É admissível, afinal, e eu perdoo-lhes: pois se eles – nunca – viram nada! Cada um viveu como um toco plantado no terreiro... como soleira de porta... como parafuso de dobradiça!...

Bastará já que tivesse vivido como galo de torre de igreja, como coleira de cachorro ou como sanguessuga de barbeiro... e já muito mais cousas teria visto, cem novidades saberia, mil sucessos poderia referir. E, melhor ainda, se vivera como realejo de gringo, como travesseiro de hotel ou como patacão de prata, isso, então, sim, é que era encher-se de sabedoria!...

E vá, às vezes, um homem...

Por isso é que quando vejo-me entre os tais – tocos, soleiras e parafusos – prefiro calar-me: que vão esses imóveis apreciar das minhas aventuras?... Nada, pois que nada – nunca! – viram.

Entre os segundos o negócio muda um tanto de figura: falo, mas pouco, e pouco porque ainda não seria bem compreendido. Agora, quando sou centro dos terceiros, ah! então, sim, ouvidos haja, porque língua tenho e acontecimentos sobram!

Abro o saco e conto o muitíssimo que tenho visto, as aventuras em que fui parte.

Dos meus – verdadeiros – casos, posso citar inúmeras testemunhas... infelizmente quase todas mortas e as restantes morando longe; há mesmo algumas cujos nomes esqueci, mas cujas fisionomias guardo nos escaninhos da memória.

Como neste assunto não sou obrigado a reger-me pelo Código do Comércio, que exige os lançamentos por ordem de datas, irei consignando os meus depoimentos, conforme se me forem eles apresentados.

E se, apesar das minhas afirmativas, pretender alguém pôr em dúvida os meus casos, peço a esse alguém que suspenda o seu juízo. Suspenda-o e consulte-me.

De corporal, sou baixinho e gordo, ruivo e imberbe; de moral, sou calado e tagarela, violento e calmo; em tudo, homem para as ocasiões.

O PAPAGAIO[15]

O reverendo Padre Bento de São Bento – que o Senhor talvez conhecesse, não? – era um santo homem paciente – paciente! paciente! – como naquela época outro não houve.

Nos circos de burlantins muita cousa curiosa tenho apreciado: cachorros sábios, cabras que fazem provas, cavalos dançarinos e burros que a dente pegam o palhaço pelo... atrás das pantalonas; mas a paciência para esse ensino não pode comparar-se, não pode-se, com a do reverendíssimo.

O Padre Bento, farto de aturar sacristães e não querendo estragar a sua paciência, que estava-lhe na massa do corpo, resolveu dizer as suas missas... sozinho.

Preparava as galhetas, o missal etc.; depois pachorrentamente paramentava-se e pachorrentamente esperava a hora de oficiar; chegada, encaminhava-se

---

15 Uma outra versão de "O papagaio" aparecerá, anos mais tarde, no volume *Alexandre e outros heróis* (1962), de Graciliano Ramos (1892--1953). A propósito, o princípio que preside à elaboração dos dois textos é similar. Diz Graciliano: "quando um cidadão escreve, estira o negócio, inventa, precisa encher papel." ("Marquesão de Jaqueira". In: *Alexandre e outros heróis*. São Paulo: Martins, 1974. p. 62.)

para o altar, e começava e concluía, parte por parte, tudo muito em ordem.

Mas o filé, o bem-bom era quando entrava a ladainha: ele cantava o nome do soneto e uma vozinha esquisita, porém, muito clara respondia logo:

– O-o-a por nob-s!

E os fiéis, em seguida, pela pequena nave afora, acudiam ao estribilho:

– Ora pro nobis!

Dessas ladainhas assisti eu a muitas, na capelinha de São Romualdo, que era próxima a nossa casa, na Vila de...

Agora sabem quem cantava as ladainhas do Padre Bento?

Era o Lorota, um papagaio amarelo, criado na gaiola e muito bem-falante...

Com ele diverti-me muitas vezes:

– Lorota, dá cá o pé!

E ele, ensinado pelo padre, respondia, amável!

Coitado!... O padre morreu e o Lorota, não tendo mais a quem dar contas, fugiu.

Passaram-se os anos.

Uma vez, estava eu na Serra, numa espera de onça, quando senti – confesso, não medo, mas um arrepio de... frio – quando ouvi, nas profundezas do mato virgem, uma ladainha religiosa!...

E pausada, afinada, bem puxada em suma!

Seria um sonho?... Estaria eu errado na tocaia das onças, e em vez de estar na floresta cheia de bichos ferozes, estava na vizinhança de algum convento, de alguma capela, de alguma romaria?...

E a ladainha, compassada e cheia, vinha se aproximando:

– Bento São Bento!
– Ora pro nobis!

— Santo Atanásio!
— Ora pro nobis!
— São Romualdo!
— Ora pro nobis!

Eu mergulhava os olhos por entre os troncos, os cipós e as japecangas a ver se bispava uma cor de opa, uma luz de tocha, uma figura de gente; nada!

Nisto, a ladainha pousou nas árvores, por cima de mim. Pousou, sim, é o termo próprio, porque quem cantava era um bando de papagaios e quem puxava a ladainha era o papagaio do Padre Bento, era o Lorota!

A paciência do bicho!... Ensinar, direitinho, aos outros, a cantoria toda!...

Pasmo daquele espetáculo, e duvidando, quis tirar uma prova real, e perguntei para cima:

— Lorota? Dá cá o pé!...

Pois o papagaio conheceu a minha voz, conheceu, porque logo retrucou-me com a antiga resposta que ele sempre dava:

— Romualdo é bonito! Bonito!...

E como para obsequiar-me fez um — crrr! — como aviso de comando e recomeçou a ladainha:

— Bento São Bento!
— Ora pro nobis!
— Santo...

Nisto tremeu o mato com um berro pavoroso... o Lorota e seu bando bateu asas... e eu olhei em frente: a sete passos de distância estava agachada, de bocarra aberta, pronta para o salto, uma onça dourada, uma onça ruiva, uma onça de braça e meia de comprido!...

E na aragem do mato ainda soou um vozerio distante:

— Or... a pro no... bis!
São... Ro... mual... do!
Ora... pro... nobis!...

A FIGUEIRA

... **M**orava na rua da Lomba em um casarão acachapado, pintado de amarelo. Ao fundo o quintal, parecendo pequeno por ter ao centro uma colossal figueira.

Esta colossal figueira havia estendido grossos braços para todos os lados e copava e fechava de tal forma a ramaria e a folhagem que a sombra era perpétua.

Não só através dela não filtrava um rastilho de sol, como também nem um pingo de chuva passava para baixo.

Não consegui manter uma galinha no quintal: quantas lá punha morriam de frio; e ali mesmo as enterrava, o cachorro, esse, tiritava como se estivesse em plena garua de agosto, batida de minuano.

Por estas e outras andava eu aborrecido com a figueira. Carregar, isso carregava que era uma temeridade... mas nos últimos anos, menos, bastante menos.

Por outro lado, era debaixo da figueira que os meus pequenos e os da vizinhança brincavam; aí faziam as suas merendas, principalmente quando havia frutas; e com o andar do tempo a criançada chegou a fazer em volta dela um verdadeiro tapete de sementes diversas, de laranjas, marmelos, pêssegos, uvas, peras, ameixas, de araçás, de butiás, de limas, melões etc., enfim um calçamento de caroços e pevides.

Naturalmente cada ano as raízes da figueira cresciam e enterravam e afogavam essa – caroçama – que desaparecia.

Preciso dizer que a casa e o quintal e portanto a árvore pertenceram aos avós da minha sogra, esta aí nasceu e faleceu, com noventa e sete anos; e que há cinquenta e três anos que os ditos bens pertenciam ao meu casal: basta isto para calcular-se a idade da figueira!...

Ora muito bem.

Há de haver uns sete anos fez um inverno molhado e frio como nunca passei outro. Todo o mundo lembra-se desse ano. Em casa fomos todos, de ponta a ponta, atacados de tosses e catarreiras tão fortes que julguei iríamos acabar héticos. Chiados de peito, roncos, assobios, fanhosidades, rouquidões... um barulho que até alarmava os andantes da rua!

O doutor que acudiu, como se tratasse de uma única doença, já receitava os lambedouros em dose para vir em frasco grande, dos de genebra.

Mas, qual!... Cheguei a desanimar, e certa vez puxei o médico para uma sala dos fundos, para conversar à vontade. Conforme íamos andando, a casa ia ficando às escuras; o doutor estacou:

– Homessa! Estaremos à boca da noite às duas horas da tarde?...

– Não é nada, doutor: é a figueira!

– Que figueira, Romualdo?

– Ali, na escuridão... não vê?

O doutor teve medo de seguir avante; eu, já se vê, prático velho, nem me abalei. Mas tanto como rodou nos calcanhares, disse-me com franqueza:

– Romualdo, toda a doença da sua casa está ali; é a umidade, a escuridão, o abafamento que a figueira produz, derrube-a, Romualdo, derrube-a!

– O abafamento... a escuridão... a umidade...

– Sim, homem: meta-lhe o machado!

Compreendi: era tal e qual! Mas como todos estimávamos muito a figueira, resolvi – derrubá-la, não – podá-la muito, sim.

Logo no dia seguinte começou a esgalhação; trabalhou-se uma semana, de fio a pavio, apenas parando para comer, veio carreta de bois para levantar as lenhas da poda.

Foi uma alegria, na casa. Sol, ar livre, por todas as portas e janelas; chão e paredes começaram a orear.

Ninguém mais tomou lambedouro.

Logo na primavera começou a brotação e vieram galhos novos, bonitos porém com um enfolhamento esquisito.

Esquisito, deveras. Folhas compridas e curtas, e largas e estreitas; recortadas umas, lisas outras; lustrosas, foscas;... uma trapalhada!... e até notei alguns pequenos espinhos.

Vi, vi bem: eram espinhos; pequenos, porém espinhos.

Até aí nada de espantar: curioso e tal, mas tem-se visto...

No ano seguinte porém, e nos outros, é que a figueira começou a encher-me de espanto, a mim e ao vizindário e outras pessoas muitas. Sinto não lhes haver tomado os nomes, mas nem tudo lembra: se tenho tido essa precaução, hoje, com tais testemunhas, entupiria a muitos incrédulos – malcriados – a quem hei referido este caso. Mas quem mal não pensa, mal não cuida...

Pois esse ano a figueira deu figos e... marmelos; no seguinte, pêssegos e ameixas, de repente, só peras; no outro ano, puramente laranjas, depois, apenas figos; em seguida uvas... e assim sucessivamente, melancias, cocos, limas, araçás etc... até que em certa temporada deu umas frutas esquisitas, compridinhas, ressequidas, sem gosto nenhum, nem sumo, e que, bem examinadas, eram quase como penas de aves... até pelo cheiro... de galinha, que conservavam...

Matutei muito, mas encontrei a explicação do fenômeno.

Simplíssimo: a figueira tinha absorvido o suco germinativo de todas as pevides e caroços e sementes que lhe alastravam o chão... e também o das galinhas mortas que junto às suas raízes foram enterradas... Com a força do sol tudo aquilo grelou dentro da sua seiva. Como a árvore não pôde reagir contra a invasão, antes foi dominada, assim é que começou a dar frutos, na desordem que mencionei.

Em conclusão: a figueira já não sabia o que fazia; estava como uma pessoa muito velha, de miolo mole, que já não regula.

Pobre da minha figueira. Coitada!

Estava caduca!...

UMA BALDA DO GEMADA[16]

Mais vale jeito que força.

O meu cavalinho, o Gemada, era um ótimo animal, de cômodo e rédea: marrequeiro fino e até farejador de perdizes, pelo hábito aprendido com a minha cachorra Teteia, que foi uma maravilha.

Mas o Gemada tinha uma balda; a não ser comigo, não havia quem o obrigasse a passar um rio, em balsa.

Para cavalo era até uma burrice, isso; pois os próprios cavalos confessam – confessam pelo comportamento – que é muito mais agradável atravessar o rio na balsa, do que nadando: cansa menos e não é tão frio...

O Gemada, porém, era refratário a tais comodidades.

Fosse um peão ou qualquer outra pessoa fazê-lo entrar na balsa: gastaria horas, zangar-se-ia, cairia n'água e nada arranjava: o cavalo firmava-se, recuava, pulava, empacava-se, mas não entrava: a cacete, então era pior: empinava-se, couceava, mordia, mas não ia...

Ora, certa vez que, da barranca, eu assistia a uma dessas cenas, e tendo muita pressa e pouca paciência para fazê-lo passar a nado e encilhar do outro lado; enquanto o balseiro, já cansado de firmar a embarcação,

---

[16] Um dos raros contos de clara intenção gauchesca de *Casos do Romualdo*.

praguejava, e o peão, já de mau humor, dava sofrenaços e tirões, e um outro auxiliar já estava rouco de tanto gritar com o cavalo, e embarreado e encharcado; enquanto essa luta durava, a mim fervia-me o sangue, e batia o queixo, enraivado, como que sacudido por febre de sezões...

Não me contive.

Desci da barranca, tomei o cavalo, apertei muito bem os arreios, montei e mandei que os peões se afastassem, e que o balseiro, encostando bem a balsa à beira do rio, apenas a segurasse com a mão, de terra.

Isso feito, afastei-me como umas sete braças, firmei as rédeas e cravei as esporas na barriga do cavalo teimoso: ele gemeu com a dor, mosqueou, e saltou pra frente, como uma mola!

Daquele arranco vim à praia, e sempre tocado de espora e rebenque, de pulo, o Gemada atirou-se dentro da balsa, comigo em cima, olé!

O impulso para diante foi tão forte que a balsa, como uma flecha, deslizou sobre a água e foi, certinha, abicar na outra margem!...

E conforme lá cheguei, tornei a cravar as esporas no Gemada, e ele, desesperado, arrancou, e, de pulo, atirou-se da balsa para terra... O impulso para trás foi tão forte, que a balsa desandou sobre a água, e foi certinha, como uma flecha, abicar na margem donde havia saído...

Fora esse, exatamente, o cálculo que eu havia feito.

Daí por diante nunca mais inquietei-me. Havia rio para passar, em balsa? Ora!...

Espora... pulo... balsa pra lá!

Espora... pulo... balsa pra cá!

A TETEIA[17]

Pois sim!... Venham-me pra cá com histórias de cachorros bem-ensinados e obedientes! Igual, pode – e ainda duvido! – porém melhor que a minha perdigueira Teteia não há nem houve... e talvez até nunca haja!

Contaram-me como grande cousa um caso dum barão alemão, um tal Münchausen, que possuiu uma cadela lebreira, a qual, estando grávida, mesmo assim correu uma lebre que, por coincidência estava também grávida. Correram, correram muito as duas próximas mães... e tão próximas que durante a corrida a lebre teve as lebrinhas e a cachorra os cachorrinhos. E como a raça não nega a traça, os cachorrinhos largaram-se logo a correr atrás das lebrinhas, enquanto que a cachorra recém-mãe continuava a correr atrás da lebre também recém-mãe...

Sim, senhor! era um bom animal, não nego: mas a Teteia era melhor.

Escutem e julguem.

Uma manhã saí a caçar perdizes e levei a Teteia.

Eu não conhecia o campo, e isso foi a causa de um grande desgosto para mim. Mal entramos no macegal, a

---

17 Cf. nota 12.

Teteia amarrou, toquei-lhe com o joelho na anca, ela andou uns passos: a perdiz levantou-se no voo e flechou! Pum! Tiro dado, perdiz em terra, e Teteia, trazendo!

E assim, de enfiada, foram-se os cem cartuchos que eu trazia: cem perdizes em meia hora. E note-se que eu errei dois tiros e cinco cartuchos falharam.

Sentei-me e comecei a atar as minhas perdizes, pelas pernas, para pô-las ao ombro e regressar.

E, distraído, esqueci-me de chamar a perdigueira e fazer-lhe compreender que estava findo o divertimento. Esqueci-me; e quando, tudo pronto, ia a marchar, só então lembrei-me da cachorra.

Chamei: Teteia! Teteia! assobiei, fiz os sinais costumados... nada! Estranhando o fato arriei o fardo das perdizes, e andei a procurar, sempre chamando, assobiando, e nada, nada de resposta!

Supus então – naturalmente – que a perdigueira, desobedecendo pela primeira vez, tivesse ido para casa, sozinha, antes de mim. Era um procedimento de cachorro, mas vá lá... por uma vez! E assim pensando, fui-me embora.

De chegada indaguei. Não, não tinha aparecido. Causou-me espécie aquela demora; depois, quem sabe... algum namoro...

Esperei; chegou a noite, o outro dia; e nada de Teteia!

Tive então um pressentimento funesto... nem me restava mais dúvida: a honesta perdigueira certamente havia sido picada por cobra... alguma cascavel, alguma viradeira medonha, e a esta hora!... Pobre, pobre... infeliz bicho!... Fiquei realmente paralisado, triste.

Para distrair as mágoas e variar de comida e emoções, andei caçando veados para outro rumo; marrecas, nos banhados; quatis, tatus etc.; e fiz várias batidas num tigre fugido de gaiola, que não apareceu nunca, talvez assustado da minha fama.

Foi até uma imprudência essa batida ao feroz tigre; eu não tinha cachorros próprios e os companheiros falharam-me à última hora, alegando cada qual a sua razão; um que tinha de arrancar batatas, outro que a mulher estava para cada hora, outro que fincara um estrepe no pé... enfim, deixaram-me sozinho, justamente quando ali perto, à vista, o tigre urrava tremendamente, como desafiando!

Pois fui, sozinho: eu e a minha faca de mato; apenas por segurança, para ter o alarme certo, levei um gato num cesto, porque o gato é um animal muito elétrico e de longe já sente a catinga do tigre, e dá logo sinal que não engana, nunca. Se é de dia, fica de pelo eriçado e duro, como arame, e mia duma forma muito particular; são dois miadinhos curtos e um comprido, dois curtos e um comprido; se é de noite, apenas bufa e lambe as barbas, ficando então o pelo fosforescente, como vagalume. É claro, pois, que quem leva gato não corre o risco de ser surpreendido por tigre; muito antes deste aproximar-se já o caçador está avisado e tem tempo de sobra de preparar-lhe a espera.

Deste fato, creio mesmo que é que nasceu a expressão vulgar de que – quem não tem cão caça com gato.

Com essas distrações e outros quefazeres, passou-se o tempo; de vez em quando e sempre com pesar e saudade, lembrava-me da desaparecida Teteia.

Dediquei-me então a ensinar um cachorrinho, filho dela, o seu retrato escrito e escarrado, que me havia ficado.

Há dias – meses passados – levei o cachorrinho ao campo, para exercício. E andando, andando, sem dar por tal, fui ter ao lugar certo daquela malfadada caçada em que se sumiu a minha maravilhosa perdigueira.

E, dum lado para outro, eis senão quando, o cachorrinho para, amarra... levanta a pata, sacudindo a cauda! Chego-me, toco-lhe com o joelho... e quando espero que o totó vai levantar a perdiz, ele volta-se para mim, desarrumado, humilde, com os olhos arrasados de lágrimas... Surpreso, dei três passos, estiquei o pescoço e vi...

Vi, sim, o esqueleto da Teteia ainda de coleira, firme, correto, na posição de amarrar; adiante, um esqueleto de perdiz, na posição de preparar o voo; ao lado, num ninho quase desfeito, sete esqueletinhos de filhotes, na posição de piar, com fome!...

Querem mais claro?... E agora, cousa notável, foi ainda o faro filial que guiou o cachorrinho e fê-lo descobrir e chorar perante os ossos da mãe!

Pois, e então?

A cachorra do Münchausen será acaso superior à Teteia? Só se for porque ele era um barão, e eu sou apenas... o Romualdo.

BIOGRAFIA

Dois excelentes textos de caráter biográfico de autoria de Carlos Reverbel ("Posfácio". In: LOPES NETO, J. Simões. *Contos gauchescos e lendas do sul* e *Um capitão da Guarda Nacional*, cf. "Bibliografia"), revelaram-nos os fatos mais importantes da vida de João Simões Lopes Neto. O que a seu respeito ainda não conhecemos com muita precisão é o seu perfil interior, até agora por esboçar, e a sua formação literária.

O autor de *Contos gauchescos* nasceu na Estância da Graça, em Pelotas, Rio Grande do Sul, em 9 de março de 1865.

De origem fidalga, pois neto do então conhecido Visconde da Graça, teve uma escolaridade amena, que lhe foi propiciada pelos pais, Teresa de Freitas Lopes e Catão Bonifácio Simões Lopes. Passando a infância na fazenda, o que o marcaria em definitivo, só entrou em uma escola quando, aos 9 anos, manifestou vontade de o fazer. Mais tarde, aos 13, foi enviado para o famoso Colégio Abílio, do Rio de Janeiro, o mesmo que é revivido por Raul Pompeia (1863-1895) em *O Ateneu* (1888). E parou por aí.

Pensava-se anteriormente que tivesse seguido o curso da Faculdade de Medicina do Rio de Janeiro, tendo-o abandonado por motivo de doença. No entanto, o já citado Carlos Reverbel provou que essa suposição não tinha procedência.

De retorno a Pelotas, cedo ingressou na vida social. Inicialmente, graças à sua origem abastada, circulou nos meios financeiros da cidade, sobretudo no da Associação Comercial, sendo considerado pelas classes dirigentes do lugar como uma promessa. Na mesma época, ou seja, em 1888, começou a colaborar na imprensa local. E, a partir de então, exerceu uma série de atividades, ora públicas ora privadas, que puseram de manifesto a sua natureza instável.

Assim, em 1890, tornou-se Despachante Geral; em 1891, organizou a Sociedade Anônima Vidraria Pelotense; em 1893, empreendeu a instalação da Companhia Destilação Pelotense; em 1897, inaugurou um depósito de café em grão e preparou uma comitiva que deveria explorar as minas de prata do Taió, situadas em Santa Catarina; em 1901, montou uma fábrica de cigarros, denominada Diavolus, e passou a produzir um derivado do tabaco, a tabacina, para tratamento do gado vacum e ovino; em 1904, foi nomeado titular do segundo cartório de Pelotas; em 1912, resolveu dedicar-se ao jornalismo profissional e, em 1914, tornou-se diretor do jornal pelotense *O Correio Mercantil*.

À instabilidade profissional de João Simões Lopes Neto corresponderam os seus insucessos empresariais. Sempre sonhou ser um industrial. Nunca o conseguiu. Mais ainda: dilapidou a razoável fortuna que herdara do pai nos seus malogrados negócios.

Os desastrosos resultados que obteve na vida prática foram, porém, compensados pelo seu êxito literário, lamentavelmente póstumo. Na verdade, embora seus textos gauchescos tivessem sido bastante populares na época, o reconhecimento do valor literário da sua obra só ocorreu muito após a sua morte. Basta recordar a esse respeito que a sua mulher, Francisca de Paula Meireles Leitão Simões Lopes, com quem se casara em 5 de outubro de 1892, ignorava quase que por inteiro a sua atividade de escritor.

Não sabemos praticamente nada sobre a maneira como João Simões Lopes Neto vivenciou os seus problemas, que com certeza foram muitos, pois ele os encobria com as suas fantasias acerca de um hipotético enriquecimento resultante de seus investimentos industriais e com a sua grande afabilidade. Contudo, o fato de ter morrido com apenas 51 anos, vítima de uma úlcera duodenal, suscita questões que talvez nunca tenham resposta.

Como ignoramos quais foram as suas leituras preferidas, os seus textos constituem a única fonte de que dispomos para chegar a alguma conclusão quanto à sua formação intelectual. João Simões Lopes Neto escreveu sobre J. B. de Monet Lamarck (1744-1829), Charles Darwin (1809-1882) e E. Haeckel (1834-1919); traduziu Francis James (1868-1938); parafraseou François Coppée (1842-1908); citou H. Spencer (1820--1903), H. Taine (1828-1893) e Fustel de Coulanges (1830-1889); viveu a ambiência nacionalista da época, aludindo a escritos de José Veríssimo (1857-1916) e Afonso Celso, e, finalmente, manteve correspondência com Coelho Neto (1864-1934) e Alcides Maya, seus amigos. Tudo isso indica que ele nadava nas águas do Positivismo e do Cientismo do século passado e que se ligava à literatura neoparnasiana, cultivando um estilo neonaturalista. Sabemos que dominava perfeitamente o francês, o que nos faz supor que conhecesse os escritores dessa língua. Por fim, é preciso não esquecer que, embora Pelotas fosse uma cidade provinciana desenvolvida para a época, estava longe de possuir círculos intelectuais que se equiparassem ao das capitais do país. Todos esses fatores somados nos levam a pensar que João Simões Lopes Neto se formou e se fez escritor solitariamente, descobrindo, sem a contribuição da sorte, seus próprios caminhos.

E foi na mesma solidão artística que morreu em 14 de junho de 1916.

BIBLIOGRAFIA

Principais edições de textos de João Simões Lopes Neto

O boato, revista. Pelotas: Livraria Universal, 1894. (Em coautoria com Moura Rara, pseudônimo de José Gomes Mendes.)

Viúva Pitorra, comédia. Pelotas: Livraria Comercial, 1896.

Cancioneiro guasca. Pelotas: Livraria Universal, Echenique e Cia, 1910.

Contos gauchescos. Pelotas: Echenique e Cia., 1912.

Lendas do Sul. Pelotas: Echenique e Cia., 1913.

Os bacharéis, opereta. Pelotas: Tipografia da Fábrica Guarani, 1914. (Em coautoria com Moura Rara.)

Valsa branca, cortina teatral. Pelotas: Tipografia do *Diário Popular*, 1914.

Contos gauchescos e lendas do Sul. Porto Alegre: Globo, 1926. (Primeira edição póstuma de escritos de João Simões Lopes Neto.)

Contos gauchescos e lendas do Sul. Edição crítica com introdução, variantes, notas e glossário de Aurélio Buarque de Holanda. Prefácio e nota de Augusto Meyer. Posfácio de Carlos Reverbel. Porto Alegre: Globo, 1949. (Primeira edição crítica de um texto de José Simões Lopes Neto.)

Casos do Romualdo: contos gauchescos. Prefácio de Augusto Meyer. Porto Alegre: Globo, 1954.

Terra gaúcha. Apresentação de Manoelito de Ornellas. Introdução e notas de Walter Spalding. Porto Alegre: Livraria Sulina, 1955.

Inéditos de Simões Lopes Neto: Madrugada; Rodeio. *Correio do povo*, Porto Alegre, 12 jun. 1971. Caderno de sábado, p. 9.

MOREIRA, Angelo Pires (Org.). *A outra face de J. Simões Lopes Neto*. Porto Alegre: Martins Livreiro, 1983. v. 1. (Reúne vários textos de J. Simões Lopes Neto, inéditos em volume.)

PRINCIPAIS ESCRITOS SOBRE JOSÉ SIMÕES LOPES NETO PUBLICADOS EM VOLUMES

HISTÓRIAS LITERÁRIAS

PEREIRA, Lúcia Miguel. *História da literatura brasileira*: prosa de ficção (de 1870 a 1920). Rio de Janeiro: José Olympio, 1950. v. 12.

SILVA, João Pinto da. *História literária do Rio Grande do Sul*. Porto Alegre: Livraria do Globo, 1930.

ZILBERMAN, Regina. *A literatura no Rio Grande do Sul*. Porto Alegre: Mercado Aberto, 1980.

Estudos monográficos

CHAVES, Flávio Loureiro. *Simões Lopes Neto*: regionalismo e literatura. Porto Alegre: Mercado Aberto, 1982.

FILIPOUSKI, A. M. et al. *Simões Lopes Neto:* a invenção, o mito e a mentira (uma abordagem estruturalista). Porto Alegre: Movimento/Instituto Estadual do Livro, 1973.

MASSOT, Ivete S. L. B. *Simões Lopes Neto na intimidade.* Porto Alegre: Bels/SECRS, 1974.

REVERBEL, Carlos. *Um capitão da Guarda Nacional*: vida e obra de J. Simões Lopes Neto. Porto Alegre/Caxias do Sul: Martins/Universidade de Caxias do Sul, 1981.

Artigos ou capítulos de volumes

CHAMIE, Mário. *Intertexto*: a escrita rapsódica – ensaio de leitura produtora. São Paulo: Praxis, 1970. p. 369-95.

_____. As confluências virtuais. In: *A linguagem virtual.* São Paulo: Quíron/Conselho Estadual de Cultura, 1976. p. 48-74.

JULIO, Sílvio. *Estudos gauchescos de literatura e folclore.* Natal: Ed. do Clube Internacional de Folclore/Delegação do Brasil, 1953.

LEITE. Lígia C. M. O 'caso' gaúcho. In: *Regionalismo e modernismo.* São Paulo: Ática, 1978.

_____. João Simeão Lopes Blau ou a arte de ser Zaoris. In: SCHWARZ, Roberto (Org.). *Os pobres na literatura brasileira.* São Paulo: Brasiliense, 1983. p. 88-100.

MEYER, Augusto. *Prosa do pagos*: 1941-1959. Rio de Janeiro: São José, 1960. (Vários artigos. O mais fino intérprete de Simões Lopes Neto.)

POZENATO, José C. Simões Lopes Neto, o rapsodo. In: _____. *O regional e o universal na literatura gaúcha*. Porto Alegre: Movimento, 1974. p. 46-55.

VELLINHO, Moysés. A carreira póstuma de Simões Lopes Neto. In: _____. *Letras da província*. Porto Alegre: Globo, 1960. p. 251-63.

ÍNDICE

Introdução 5

CONTOS GAUCHESCOS (1912)

Apresentação de Blau 21
O negro Bonifácio 25
O boi velho 33
Chasque do imperador 39
Os cabelos da china 47
O anjo da vitória 63
Contrabandista 71
Jogo do osso 79
Duelo de Farrapos 85

LENDAS DO SUL (1913)

O Negrinho do Pastoreio 95

CASOS DO ROMUALDO (1952)

Autodefinição de Romualdo 107

O papagaio 111
A figueira 115
Uma balda do Gemada 119
A Teteia 121

Biografia 125
Bibliografia 129

COLEÇÃO MELHORES POEMAS

CASTRO ALVES
Seleção e prefácio de Lêdo Ivo

LÊDO IVO
Seleção e prefácio de Sergio Alves Peixoto

FERREIRA GULLAR
Seleção e prefácio de Alfredo Bosi

MARIO QUINTANA
Seleção e prefácio de Fausto Cunha

CARLOS PENA FILHO
Seleção e prefácio de Edilberto Coutinho

TOMÁS ANTÔNIO GONZAGA
Seleção e prefácio de Alexandre Eulalio

MANUEL BANDEIRA
Seleção e prefácio de Francisco de Assis Barbosa

CECÍLIA MEIRELES
Seleção e prefácio de Maria Fernanda

CARLOS NEJAR
Seleção e prefácio de Léo Gilson Ribeiro

LUÍS DE CAMÕES
Seleção e prefácio de Leodegário A. de Azevedo Filho

GREGÓRIO DE MATOS
Seleção e prefácio de Darcy Damasceno

ÁLVARES DE AZEVEDO
Seleção e prefácio de Antonio Candido

MÁRIO FAUSTINO
Seleção e prefácio de Benedito Nunes

ALPHONSUS DE GUIMARAENS
Seleção e prefácio de Alphonsus de Guimaraens Filho

OLAVO BILAC
Seleção e prefácio de Marisa Lajolo

JOÃO CABRAL DE MELO NETO
Seleção e prefácio de Antonio Carlos Secchin

FERNANDO PESSOA
Seleção e prefácio de Teresa Rita Lopes

AUGUSTO DOS ANJOS
Seleção e prefácio de José Paulo Paes

BOCAGE
Seleção e prefácio de Cleonice Berardinelli

MÁRIO DE ANDRADE
Seleção e prefácio de Gilda de Mello e Souza

PAULO MENDES CAMPOS
Seleção e prefácio de Guilhermino Cesar

LUÍS DELFINO
Seleção e prefácio de Lauro Junkes

GONÇALVES DIAS
Seleção e prefácio de José Carlos Garbuglio

HAROLDO DE CAMPOS
Seleção e prefácio de Inês Oseki-Dépré

GILBERTO MENDONÇA TELES
Seleção e prefácio de Luiz Busatto

GUILHERME DE ALMEIDA
Seleção e prefácio de Carlos Vogt

JORGE DE LIMA
Seleção e prefácio de Gilberto Mendonça Teles

CASIMIRO DE ABREU
Seleção e prefácio de Rubem Braga

MURILO MENDES
Seleção e prefácio de Luciana Stegagno Picchio

PAULO LEMINSKI
Seleção e prefácio de Fred Góes e Álvaro Marins

RAIMUNDO CORREIA
Seleção e prefácio de Telenia Hill

CRUZ E SOUSA
Seleção e prefácio de Flávio Aguiar

DANTE MILANO
Seleção e prefácio de Ivan Junqueira

JOSÉ PAULO PAES
Seleção e prefácio de Davi Arrigucci Jr.

Cláudio Manuel da Costa
Seleção e prefácio de Francisco Iglésias

Machado de Assis
Seleção e prefácio de Alexei Bueno

Henriqueta Lisboa
Seleção e prefácio de Fábio Lucas

Augusto Meyer
Seleção e prefácio de Tania Franco Carvalhal

Ribeiro Couto
Seleção e prefácio de José Almino

Raul de Leoni
Seleção e prefácio de Pedro Lyra

Alvarenga Peixoto
Seleção e prefácio de Antonio Arnoni Prado

Cassiano Ricardo
Seleção e prefácio de Luiza Franco Moreira

Bueno de Rivera
Seleção e prefácio de Affonso Romano de Sant'Anna

Ivan Junqueira
Seleção e prefácio de Ricardo Thomé

Cora Coralina
Seleção e prefácio de Darcy França Denófrio

Antero de Quental
Seleção e prefácio de Benjamin Abdalla Junior

Nauro Machado
Seleção e prefácio de Hildeberto Barbosa Filho

Fagundes Varela
Seleção e prefácio de Antonio Carlos Secchin

Cesário Verde
Seleção e prefácio de Leyla Perrone-Moisés

Florbela Espanca
Seleção e prefácio de Zina Bellodi

Vicente de Carvalho
Seleção e prefácio de Cláudio Murilo Leal

Patativa do Assaré
Seleção e prefácio de Cláudio Portella

ALBERTO DA COSTA E SILVA
Seleção e prefácio de André Seffrin

ALBERTO DE OLIVEIRA
Seleção e prefácio de Sânzio de Azevedo

WALMIR AYALA
Seleção e prefácio de Marco Lucchesi

ALPHONSUS DE GUIMARAENS FILHO
Seleção e prefácio de Afonso Henriques Neto

MENOTTI DEL PICCHIA
Seleção e prefácio de Rubens Eduardo Ferreira Frias

ÁLVARO ALVES DE FARIA
Seleção e prefácio de Carlos Felipe Moisés

SOUSÂNDRADE
Seleção e prefácio de Adriano Espínola

LINDOLF BELL
Seleção e prefácio de Péricles Prade

THIAGO DE MELLO
Seleção e prefácio de Marcos Frederico Krüger

ARNALDO ANTUNES
Seleção e prefácio de Noemi Jaffe

ARMANDO FREITAS FILHO
Seleção e prefácio de Heloisa Buarque de Hollanda

LUIZ DE MIRANDA
Seleção e prefácio de Regina Zilbermann

AFFONSO ROMANO DE SANT'ANNA
Seleção e prefácio de Miguel Sanches Neto

MÁRIO DE SÁ-CARNEIRO
Seleção e prefácio de Lucila Nogueira

AUGUSTO FREDERICO SCHMIDT
Seleção e prefácio de Ivan Marques

ALMEIDA GARRET
Seleção e prefácio de Izabela Leal

RUY ESPINHEIRA FILHO
Seleção e prefácio de Sérgio Martagão

SOSÍGENES COSTA*
Seleção e prefácio de Aleilton Fonseca

*PRELO

COLEÇÃO MELHORES CONTOS

ANÍBAL MACHADO
Seleção e prefácio de Antonio Dimas

LYGIA FAGUNDES TELLES
Seleção e prefácio de Eduardo Portella

BRENO ACCIOLY
Seleção e prefácio de Ricardo Ramos

MARQUES REBELO
Seleção e prefácio de Ary Quintella

MOACYR SCLIAR
Seleção e prefácio de Regina Zilbermann

MACHADO DE ASSIS
Seleção e prefácio de Domício Proença Filho

HERBERTO SALES
Seleção e prefácio de Judith Grossmann

RUBEM BRAGA
Seleção e prefácio de Davi Arrigucci Jr.

LIMA BARRETO
Seleção e prefácio de Francisco de Assis Barbosa

JOÃO ANTÔNIO
Seleção e prefácio de Antônio Hohlfeldt

EÇA DE QUEIRÓS
Seleção e prefácio de Herberto Sales

MÁRIO DE ANDRADE
Seleção e prefácio de Telê Ancona Lopez

LUIZ VILELA
Seleção e prefácio de Wilson Martins

J. J. VEIGA
Seleção e prefácio de J. Aderaldo Castello

JOÃO DO RIO
Seleção e prefácio de Helena Parente Cunha

IGNÁCIO DE LOYOLA BRANDÃO
Seleção e prefácio de Deonísio da Silva

LÊDO IVO
Seleção e prefácio de Afrânio Coutinho

RICARDO RAMOS
Seleção e prefácio de Bella Jozef

MARCOS REY
Seleção e prefácio de Fábio Lucas

SIMÕES LOPES NETO
Seleção e prefácio de Dionísio Toledo

HERMILO BORBA FILHO
Seleção e prefácio de Silvio Roberto de Oliveira

BERNARDO ÉLIS
Seleção e prefácio de Gilberto Mendonça Teles

AUTRAN DOURADO
Seleção e prefácio de João Luiz Lafetá

JOEL SILVEIRA
Seleção e prefácio de Lêdo Ivo

JOÃO ALPHONSUS
Seleção e prefácio de Afonso Henriques Neto

ARTUR AZEVEDO
Seleção e prefácio de Antonio Martins de Araujo

RIBEIRO COUTO
Seleção e prefácio de Alberto Venancio Filho

OSMAN LINS
Seleção e prefácio de Sandra Nitrini

ORÍGENES LESSA
Seleção e prefácio de Glória Pondé

DOMINGOS PELLEGRINI
Seleção e prefácio de Miguel Sanches Neto

CAIO FERNANDO ABREU
Seleção e prefácio de Marcelo Secron Bessa

EDLA VAN STEEN
Seleção e prefácio de Antonio Carlos Secchin

FAUSTO WOLFF
Seleção e prefácio de André Seffrin

AURÉLIO BUARQUE DE HOLANDA
Seleção e prefácio de Luciano Rosa

ALUÍSIO AZEVEDO
Seleção e prefácio de Ubiratan Machado

SALIM MIGUEL
Seleção e prefácio de Regina Dalcastagnè

ARY QUINTELLA
Seleção e prefácio de Monica Rector

HÉLIO PÓLVORA
Seleção e prefácio de André Seffrin

WALMIR AYALA
Seleção e prefácio de Maria da Glória Bordini

*HUMBERTO DE CAMPOS**
Seleção e prefácio de Evanildo Bechara

*PRELO

GRÁFICA PAYM
Tel. (011) 4392-3344
paym@terra.com.br